ABAFA!

Fofocas blogásticas de sofia

ABAFA!

Fofocas blogásticas de Sofia

Rose Cooper

Tradução Índigo

V&R Editoras

Editora: Flavia Lago
Assistente editorial: Natália Chagas Máximo
Preparação: Lorena Vicini
Revisão: Cássia Land

ARTE
Direção de arte: Paula Fernández
Capa: Marci Speers
Diagramação: Pamella Destefi

www.vreditoras.com.br

Rua Capital Federal, 263
CEP 01259-010 | Sumaré | São Paulo | SP
Tel./Fax: (55 11) 4612-2866
editoras@vreditoras.com.br

ISBN 978-85-7683-361-1

Impresso na China • Printed in China

2ª reimpressão, nov. 2012.

Dados Internacionais de Catalogação na Publicação (CIP)
(Câmara Brasileira do Livro, SP, Brasil)

Cooper, Rose
Abafa!: fofocas blogásticas de Sofia / Rose Cooper; tradução Índigo. — São Paulo: V&R Editoras, 2012.

Título original: Gossip from the girls room: a blogastic novel
ISBN 978-85-7683-361-1

1. Ficção - Literatura infantojuvenil I. Título.

12-00464 CDD-028.5

Índices para catálogo sistemático:
1. Ficção: Literatura infantojuvenil 028.5
2. Ficção: Literatura juvenil 028.5

Ao meu filho, Christian.

Obrigada por ser minha maior inspiração.

Eu te amo.

AVISO!!!

Este não é um caderno qualquer. É o meu caderno pré-blog. Aqui estão meus pensamentos mais íntimos, até que a maioria deles seja publicada no dia seguinte no meu blog quase popular. Eu sei, eu sei... sei muito bem que a maioria das pessoas não precisa de um caderno pré-blog. Mas eu não sou como a maioria das pessoas. Preciso anotar todas as fofocas, porque às vezes me dá um branco. Não quero esquecer nenhum dos vários detalhes megaimportantes. Ou ficar confusa quando eu estiver blogando de verdade. Isso pode me causar problemas.

Este caderno é tão supersecreto que está inteligentemente disfarçado na forma de um velho caderno do dia a dia, normal e sem graça. E NINGUÉM sabe que ele existe.

Tirando a Nona. Ela é minha melhor amiga, minha BFF, best friend forever, por isso é uma exceção. Minha melhor amiga, a única no universo inteiro.

Aliás, se você estiver segurando este caderno (o que faz de você a pessoa nº2 de todo o universo), saiba que está quebrando a lei que proíbe bisbilhoteiros como você de lerem os pensamentos pré-blog de pessoas alheias. Por isso (e pro seu próprio bem), recomendo seriamente que você avalie as consequências do seu comportamento.

É isso aí, largue o caderno e vá se afastando lentamente...

SEGUNDA 01

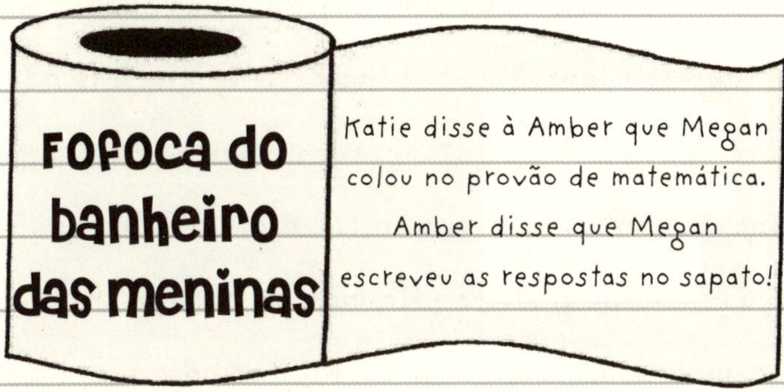

Hoje, mesmo sem querer, não pude deixar de ouvir uma fofoca no banheiro das meninas. Mia St. Claire e Alissa estavam conversando (na verdade, sussurrando, então tive que ouvir com atenção). Elas não perceberam que eu estava na última cabine do lado esquerdo, aquela que fica bem, bem lá no fundão. Não perceberam porque, além de eu ser superdiscreta, NINGUÉM jamais entra ali. De propósito.

Isso porque há uns três meses alguém usou aquela cabine e deixou o maior fedor. E todo mundo sabe que a assombração do fedor ainda ronda a cabine.

A única razão por que eu, Sofia Becker, usei a Cabine Fedorenta Assombrada é que todas as outras estavam ocupadas, então eu realmente não tive escolha. Era isso ou correr o risco de ser chamada de Maria Mijona até o fim da minha vida no sexto ano. E provavelmente no sétimo ano também.

ALTERNATIVA A	ALTERNATIVA B
Encheção dos colegas por causa da Assombração do Fedor	Arruinar minha vida social para sempre com o apelido de Maria Mijona

Lógico que a escolha era óbvia.

Mia St. Claire é simplesmente a garota MAIS popular da Escola Middlebrooke, por três motivos bem óbvios:

1. Ela é rica e irritantemente linda.

2. Ela tem muita grana.

3. Ela pode comprar tudo que quer.
   E ela compra.

Tenho certeza de que as pessoas gostam dela por outros motivos também, mas, desses outros, nenhum é óbvio o suficiente para que eu consiga entender direito. Ou para me importar.

Será que o cérebro dela funciona?

Talvez a personalidade (bacana). Será?

Esta é a minha cara de quem não está nem aí.

Embora esse seja apenas o nosso sexto ano no ensino fundamental, Mia já trouxe sua popularidade da pré-escola. Sabia que dá para carregar a popularidade de um lugar para o outro? E, pelo jeito, também dá para fazer o mesmo com a não popularidade.

Mas eu sei dizer por que a Mia deveria ser a menina menos popular de toda a escola. Por três motivos muito inteligentes e bem sacados:

1. Ela tem tanto dinheiro que deve usá-lo pra assoar o nariz. Isso não é nojento?

Cre-do! Eu sou muito nojenta. Ainda bem que a Sofia me deu um toque. Ela é tão descolada!

2. Eu sou muito mais bonita que ela. Embora ninguém ache. A não ser pela Nona, minha BFF. E meu

papagaio, Sam Sam. Mesmo que tenha sido eu quem o treinou pra assobiar e me chamar de linda. Na verdade, eu mal me lembro de tê-lo ensinado a fazer isso.

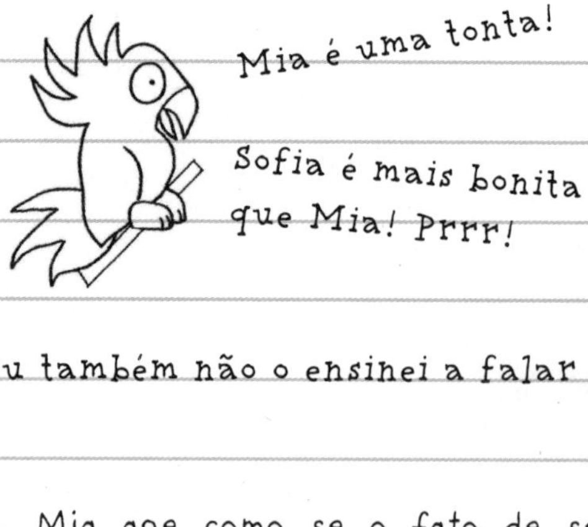

(Eu também não o ensinei a falar isso).

3. Mia age como se o fato de ser superlinda e totalmente rica não tivesse a menor importância. Todo mundo sabe que é só encenação, pra esfregar sua fantasticidade na nossa cara.

E, tipo, olha esse nome: Mia "St." Claire. Em inglês, "St." é a abreviação de rua (street). E "Claire" é nome de menina. Entendeu o que eu quero dizer? Acho que é só mais uma maneira para ela exibir sua fortuna. Aposto que seu sobrenome verdadeiro é alguma coisa que não soa a nome de rico e até deve ser bem sem graça. Tipo Silva ou Pereira. Ou Mia Sei Lá das Quantas.

Mas com certeza não seria Becker.

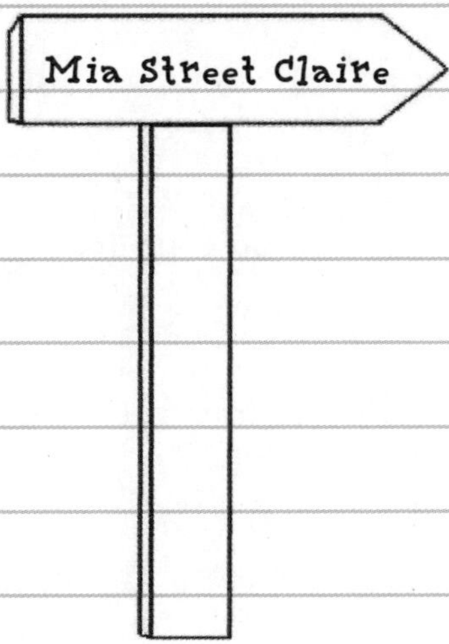

DE VOLTA AO BANHEIRO DAS MENINAS...

Muito bem, eis o que eu ouvi a Mia dizer para a Alissa, uma aluna do sétimo ano que não é popular, mas que também não é totalmente desconhecida. Aliás, só pelo fato de estar conversando com Mia, ela já subiu 3 pontos na escala de popularidade. Mas como foi ela quem puxou papo com Mia, perde 1 ponto.

Preenchi as partes em que não consegui ouvir exatamente cada palavrinha, mas tenho certeza absoluta do que elas estavam dizendo:

Alissa: Seu cabelo é lindo.

Mia: É mesmo, né? Eu me amo tanto!

Alissa: Adivinha o que eu descobri?

Mia: O quê?

Alissa: Tem alguém a fim de você.

Mia: Claro que tem. Todo mundo está. Eu sou muito maravilhosa. Quem está a fim de mim?

Alissa: Bem, ouvi o Andrew conversando com o Josh sobre você...

O QUÊ?! Andrew está a fim da Mia St. Claire?

Foi então que eu parei de ouvir, porque naquele exato momento meu coração foi tragicamente arrancado do meu peito, atirado no chão e pisoteado por mil elefantes, e depois estilhaçado em um milhão de pedacinhos.

E depois foi comido por abutres famintos

Andrew não pode gostar dela! Simplesmente não pode. É sério. Pois ele gosta de mim, euzinha, Sofia!

Às vezes ele me chama de Arrotofia, mas é só um apelido carinhoso. Meninos costumam ter esse comportamento idiota de não demonstrarem seus sentimentos ~~às vezes. Na maioria das vezes~~. O tempo todo.

Andrew não é apenas lindo, ele é o menino MAIS lindo do sexto ano. Ele é o representante da classe e tem um senso de humor que faz com que eu cuspa leite com chocolate pelo nariz.

Uma historinha de amor à toa

Era uma vez...

Tentei mostrar ao Andrew, de um jeito que ele conseguisse entender, que eu também sou muito a fim dele.

Simplesmente fechei os olhos e gentilmente atirei uma maçã. Para ele. Não tenho culpa se sou um fiasco em esportes, e que meu arremesso seja do mal.

Andrew ficou muito muito bravo, mas... fala sério, não vejo nada de mais. Foi apenas uma pequena concussão.

A parte do "e viveram felizes para sempre" ainda está por vir. Ai, ai...

TERÇA 02

ARROTOFIA?

Meu apelido, Arrotofia, surgiu por um acidente. Eu meio que... talvez... possivelmente... arrotei no meio da aula de educação física. Mas juro que não foi culpa minha! Meu estômago é muito frágil e sensível. E de vez em quando eu fico meio enjoada. Se bem que, tecnicamente, eu não estava nem me mexendo. A não ser que andar conte.

Acho que Andrew não gostou muito da fragilidade em que meu estômago se encontrava naquele dia. Principalmente quando vomitei em cima dos sapatos novos dele. Mas é pra isso que as lojas de sapato existem, não é?

Decidi postar no blog a notícia de que Andrew está a fim da Mia St. Claire. Agora mesmo, nesse exato minuto! Mesmo que meu coração doa só de pensar. Mas, pra ser sincera, meu blog anda meio caído ultimamente, e o número de acessos está baixando. O único jeito de deixar meu blog mais popular é postar fofocas fresquinhas como essa.

E, quando meu blog for popular, claro que eu também serei popular. Ha ha ha ha.

1 Leitora + Meio chato = Apenas quase popular

BFF. Nona Bows. Eu sempre posso contar com ela.

É um golpe de mestre, na verdade. Apesar de eu ser total e anonimamente a Blogueira Blogástica, posso blogar sobre qualquer assunto que as pessoas vão ler.

Mesmo coisas superincríveis sobre minhas amigas e eu. Coisas que com certeza têm potencial pra nos levar lá pro topo da escala de popularidade.

Tudo bem, é meio péssimo que meu blog esteja dentro do site da escola. E superpéssimo que o supervisor do jornal da escola, o sr. Anderson, monitore tudo o que é publicado (nada de profanações e nada que o bom-senso dite que é uma má ideia). E é superpéssimo que meu blog seja apenas um entre vários no site. Mas... isso me dá ainda mais motivos para atualizar meu blog com as melhores fofocas possíveis pro gosto do colégio. Aliás, talvez eu venha a ser a próxima Celebridade Blogueira dos famosos. Tirando a parte da celebridade. E dos famosos.

Não deve demorar muito pra que meu blog alcance o status de quase popular. Assim que eu chegar em casa — depois de terminar a lição, jantar e teclar com a minha BFF, Nona Bows —, vou pensar na melhor maneira de escrever essa fofoca picante.

Treinando meu autógrafo para quando eu for famosa

Sofia — Normal e sem graça. Pra mim, ser celebridade é um assunto sério.

Sofia — Visual "a mil por hora", pois serei uma celebridade muito ocupada.

Sofia — Reparou na carinha feliz? Especialistas em caligrafia dizem que isso significa que você é uma pessoa feliz. Coisa que eu sou totalmente.

Sofia — Toda redondinha e sofisticada, o que significa provavelmente que sou rica e sofisticada. Coisa que eu pretendo ser.

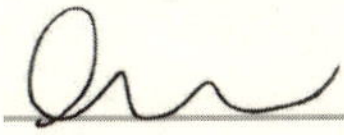 — Visual "rasurado". Segundo a caligrafia do meu pai, isso poderia ser meu nome.

ESCALA DE POPULARIDADE

A essência da popularidade, como Mia St. Claire, absoluta desde o maternal e que desafia qualquer pessoa que tentar tomar seu lugar.

Superdescolados que não fazem esforço pra serem populares — Carinhas como Andrew ou Mike Sprat nem precisam tentar. Eles simplesmente são descolados, o que significa superdescolados.

Os puxa-sacos que querem se tornar populares — Aqueles como Penélope, Alissa ou Megan, que tentam ganhar pontos de popularidade daqueles que estão bem mais acima na escala. Mais conhecidos como "popular por tabela".

Futuros Populares — Embora a gente sofra de deficiência de popularidade, na verdade somos bem legais, mas ninguém consegue perceber isso ainda. Estamos destinados a uma popularidade futura. Só precisamos divulgar essa ideia.

Nunca, nem em um zilhão de anos, populares — Os que enfiam o dedo no nariz e os fedorentos pertencem a essa categoria. Como Fedor Fedorento e Joe (nada) Bacana. Ninguém sabe se é uma deficiência hereditária ou comportamental.

248 MINUTOS DEPOIS . . .

Então, com a ajuda da Nona, eu consegui limitar o post a três possibilidades:

1. Andrew anunciou que está mega a fim de Mia St. Claire.
2. Jennifer foi vista de mãos dadas com Jeremy Watson.
3. A evidente falsidade da Mia e sua espinha-monstro! (Observação: parecia que um segundo nariz tinha brotado. Estou surpresa que ninguém tenha comentado nada. Aposto que ela vai fazer disso uma nova moda. Amanhã vou para uma escola cheia de narizes com espinhas-monstro).

Agora vou lá criar um paragrafozinho caprichado de fofocas quentes...

BLOG DA ESCOLA MIDDLEBROOKE:

ÚLTIMAS NOTÍCIAS DO MELHOR BLOG DO MUNDO

Alunos em pauta: A maciez dos cabelos castanhos de M. St. C. é uma farsa. Isso mesmo, a farsa maciez! Algumas pessoas pagam por um corte de cabelo, mas ela paga pelo cabelo em si. Talvez o disfarce seja pra ajudar a esconder sua espinha gigante. Esta, sim, não é nada falsa. Além disso, a aluna do sexto ano, Jen, foi vista de mãos dadas com o aluno do sétimo ano, J. W.

A. está super a fim de M. Será que ela deu um Google em um feitiço e jogou nele?

Professores em pauta: Professor L. tem implante de dente. Ele perdeu seus dentes num terrível acidente envolvendo aqueles estranhos trenzinhos que ele coleciona.

Postado por: Blogueira Blogástica

QUARTA 03

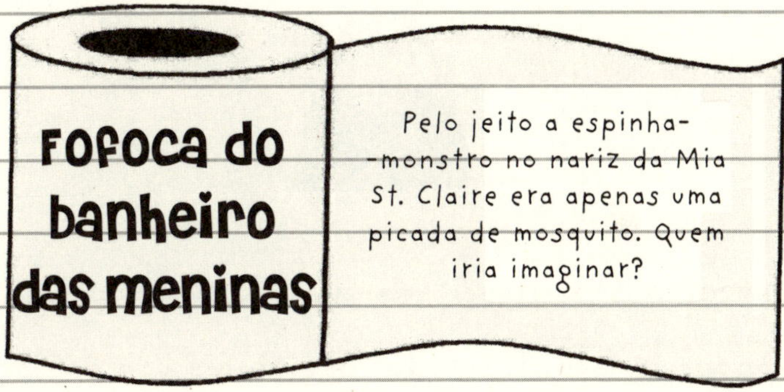

RECADO PRA MIM MESMA: Descobrir como foi que Stanley Sizemore, do oitavo ano, levou picadas de mosquito no rosto inteiro.

Ao contrário da opinião popular (e do seu sobrenome que, em inglês, significa "laço"), Nona Bows é contra o uso de laços. Talvez ela até venha a promover uma Rebelião Antilaço. E não é só porque todo santo dia Mia St. Claire bota um na cabeça. É porque Nona e eu acreditamos que lugar de laço NÃO É em nossa cabeça. Lugar de laço é em embrulhos de presente e, de vez em quando, num poodle.

Exceções de outros itens que não são embrulhos e podem ser considerados aceitáveis com um laço

Bebezinhos fofos e sorridentes que não têm nada contra laços

Tiozinhos antigos, tipo de 60 anos

Um carro no meu aniversário de 18 anos. (É uma dica!)

Eu prefiro mil vezes usar acessórios de florzinhas. Todo santo dia a Nona usa uma flor no cabelo. Eu? Nem tanto. Sou o tipo de menina que gosta de admirar a beleza a distância.

TIPOS DE FLOR QUE SÃO IMPOSSÍVEIS DE USAR NO CABELO

Flores murchas de cemitério para entes queridos

Flores que se disfarçam de flores, mas, na verdade, são ervas daninhas

Este ano, Nona e eu estamos determinadas a ganhar pontos de popularidade como estreantes. Além do meu blog, também criamos um plano de ação.

Fazermos uma matéria optativa superdivertida juntas e poder conversar com os alunos descolados.

Participar de uma atividade extracurricular que exale popularidade.

Fazer qualquer coisa que for preciso para ser notada. De uma maneira positiva, claro, e torcer pra sermos convidadas pra sentar na mesa dos alunos descolados na hora do almoço. Mas nosso plano não tem funcionado exatamente como tínhamos imaginado. Por enquanto.

Tentativa 1. Não caímos na mesma matéria optativa. E a minha, com certeza, não é nada divertida.

• Nona caiu com teatro (eu sou muito mais teatral que ela), e eu fiquei com o jornalismo sacal. Gosto de escrever, mas sem a parte chata de ter que apurar informações factuais.

Tentativa 2. Nos inscrevemos no vôlei como atividade extra, mas até agora não estamos exalando popularidade — só suor.

Meu ^chato Horário

- Produção de texto ← apesar de não incluir nenhum desenho!

- Geografia ← (muito chato)

- Francês básico ← quem, moi? Vejam que sou praticamente fluente

- Matemática ← Eca x 1.000.000.000.000

- Sala de estudos ← HORA DE BLOGAR!!!

- Optativa - Jornalismo

- ~~Laboratório~~ Cemitério de Ciências

Talvez haja poucas coisas interessantes em jornalismo que eu, a Senhorita Positiva, insisto em enxergar. Essas coisas incluem:

1. Mesas e sofás em vez de carteiras normais.

2. Possibilidade de falar sem precisar levantar a mão antes.

3. Mobilidade sem ter que pedir permissão.

4. O sr. Anderson nos incentiva a dizer aquilo que pensamos e não nos manda pra diretoria!

Mas o meu lado Senhorita Negativa precisa manter o universo em equilíbrio e por isso cita alguns aspectos do Lado Negro. Tais como:

1. A aula é conduzida pelo editor do jornal, Jimmy, que tem um ego do tamanho da espinha (falsa) da Mia.
2. O sr. Anderson está determinado a nos ensinar a apurar fatos e ser repórteres de verdade, o que é C-H-A-T-O.

Por exemplo: ele disse que era para assistirmos ao último debate político e fazermos anotações o tempo todo. Depois tivemos de escrever uma matéria baseada nisso. Pelo jeito o meu trabalho, intitulado "Por que o governador precisa de um novo visual", não se encaixou naquela parte do nosso cérebro que ele nos incentiva a verbalizar.

QUARTA, UM POUCO MAIS TARDE

Fofoca do banheiro das meninas

Meu blog foi o principal tema entre a aula de matemática e a de ciências. Jane contou pra Rachel que ela leu em algum blog que Andrew estava a fim da Mia St. Claire.

RECADO PRA MIM MESMA: "Algum blog" sou eu!! Celebrar o megassucesso por meu blog ter alcançado status de quase popular. Olhei as estatísticas e... Veja só... aumentou de um pra quase uma dúzia de leitores! Hum... será que Mia St. Claire foi um deles?

Durante a aula de matemática ela se sentou ao lado do Andrew. E eles conversaram! Fingi que não estava ouvindo. E embora eu estivesse só levemente interessada, deixei meu lápis cair e me debrucei beeem longe pra alcançar. Então acho que ouvi o que eles diziam. E parece que foi isso:

Andrew: Você leu aquele blog da Blogueira Blogástica?

Mia St. Claire: Sim. (Observação: ela joga a cabeça pra trás e ri, embora a frase dele não tenha sido nem um pouco engraçada).

Andrew: Que coisa, né?

Mia St. Claire: Sim. (Observação: de novo, ela joga o cabelo por cima dos ombros e ri).

Andrew: Então, quer ir estudar na biblioteca mais tarde?

Será que meus ouvidos — que não estão entupidos de cera — estão me traindo? Por que Andrew está convidando Mia pra estudar? Eles nunca estudam. Não faz o menor sentido. Quer dizer... claro, ele está a fim dela e coisa e tal, mas...

E, num comentário totalmente à parte, eu simplesmente vou morrer se ele declarar que está a fim dela num estilo metido a poético. Tão clichê e sem graça. A não ser que fosse pra mim.

ENQUANTO EU VOLTAVA DE BICICLETA PARA CASA

Sozinha

Nona já decidiu que ela vai ser uma atriz de sucesso. Algum dia. Por isso ela está tentando conseguir um papel na peça da escola, para dar um empurrão na carreira. Eu teria desempenhado o papel de amiga que dá o maior apoio se não fosse pelo fato de os testes já terem sido encerrados. Mas acho que a vida de atriz da Nona não vai durar muito. É como no ano passado, quando ela fez alguns cookies pra uma campanha de arrecadação de fundos da escola e achou que estava destinada a ser chef de cozinha.

E teve aquela vez, na semana passada, quando ela viu um comercial de maquiagem e achou que seu destino era ser maquiadora.

Pela primeira vez em muito tempo, tive que voltar pra casa de bicicleta sem a companhia de nenhuma amiga.

Quando cheguei em casa, mal consegui passar pela porta da frente sem tropeçar em caixas. Parece que acabamos de nos mudar ou que temos uma fábrica secreta de caixas em nossa sala. Mas eu sei do que se trata. É quinta-feira. Todas as quintas-feiras, desde que eu me conheço por gente, meu pai limpa a garagem. Toda quinta-feira ele organiza uma ou duas caixas no máximo, e logo surge alguma outra coisa para fazer. Na semana passada, ele estava na metade de uma caixa quando se distraiu ao descobrir sua velha coleção de gibis. Depois de passar horas lendo os gibis, guardou tudo de volta, só pra fazer tudo de novo na próxima quinta-feira. Acho que foi um jeito que meu pai encontrou pra parecer ocupado e não ter que lavar a louça.

OUTROS ITENS QUE JÁ FIZERAM MEU PAI PERDER O FOCO:

- Carrinhos que parecem ter 100 anos (e que ele insiste em chamar de "antiguidades raras")
- Coleção de chaveiros (pois você nunca sabe quando vai perder um)
- Chapéus velhos e empoeirados (que não consigo imaginar ninguém usando em público)

Tentei subir escondida pro meu quarto, mas foi tarde demais. Meu pai me viu através da pilha de caixas e falou, na maior empolgação:

— Sofia! Venha ver o que eu achei!

O que, traduzindo, significa: "Venha ver minha mais nova redescoberta que não vai lhe interessar nem um pouco, mas mesmo assim vou ficar falando disso durante um tempão".

O QUE PARECE TER SIDO 54 HORAS DEPOIS, MAS, NA VERDADE, FORAM APENAS 30 MINUTOS

Finalmente consegui escapar do meu pai e das suas velhas figurinhas de baseball, de quando ele era criança. Ele disse que valem muito dinheiro, mas se recusa a vendê-las. Eu não entendo os adultos.

Tentei me concentrar na lição de casa, mas fiquei viajando, pensando na Nona e no teste que ela vai fazer pra peça. Se ela conseguir o papel, tomara que não tenha que dedicar um tempão aos ensaios e consequentemente menos tempo para mim, fazendo lição comigo. Para ocupar minha mente com alguma outra coisa, resolvi escrever no blog. Embora nesse exato momento eu não tenha nenhuma fofoca, posto a primeira coisa que me vem na cabeça.

BLOG DA ESCOLA MIDDLEBROOKE:

ÚLTIMAS NOTÍCIAS DO MELHOR BLOG DO MUNDO

Este blog é absurdamente megadescolado e tem as melhores notícias da escola, além das mais atualizadas. Só pra constar.

Postado por: Blogueira Blogástica

QUINTA 04

Fofoca do banheiro das meninas

Stephanie descobriu pela sua mãe, que descobriu por outra mãe, que a mãe de uma das nossas colegas de turma está grávida. Que azar dessa pessoa!

RECADO PRA MIM MESMA: Descobrir quem é essa colega e obter todos os detalhes blogásticos.

A aula no laboratório de ciências deveria se chamar Cemitério de Ciências. Cemitério porque temos que dissecar coisas que já foram vivas. Hoje, o sr. Q. (seu sobrenome é algo estranho como viquejkdsjioviofadjkfj, que ninguém consegue pronunciar, acho que nem ele mesmo), passou uma nova atividade pra nossa classe. E Scott Barley, o GMAM (garoto mais asqueroso do mundo), foi quem distribuiu as folhas.

Quando ele chegou na minha mesa, arrotou bem alto e riu como se aquilo fosse engraçado ou sei lá o quê. Eu gostaria de poder dissecá-lo, porque assim eu descobriria por que certos garotos mal-educados agem assim.

O sr. Q. não disse um "a" sobre o que exatamente vamos dissecar, e eu não estou com a menor pressa de descobrir. Tudo o que ele disse foi que teremos que fazer um trabalho de dez páginas! A única coisa boa é que vamos poder fazer essa nojeira toda em dupla. Nona e eu vamos arrasar como dupla! Ela poderá descontar toda a sua raiva no pobre do inseto ou qualquer outra criatura que a gente sortear, e eu vou ficar encarregada de escrever o trabalho. Talvez até dê uma espiada também, só pra que a divisão do fator écati seja justa. Desde que a gente não tenha que dissecar um papagaio. Sam Sam ficaria arrasado se descobrisse que andei dissecando um parente seu.

Como deve ser o cérebro de um menino mal-educado

Na hora da pausa na Sala de Estudos, posso usar o computador da escola pra atualizar meu blog. Se bem que, às vezes, é difícil, principalmente quando alguém se senta ao meu lado e fica pescoçando. Preciso de privacidade, mas parece que ninguém entende isso. Tipo, ontem, o GMAM ficava olhando pra minha tela e perguntando: "O que você está fazendo?" a cada cinco minutos. Quase mudei seu apelido para GMIM (garoto mais irritante do mundo).

Postar no blog em casa também é complicado.

Meus pais vivem entrando no meu quarto pra ver o que estou fazendo. E dão as desculpas mais esfarrapadas. Uma vez minha mãe disse que tinha perdido um brinco e queria procurar no meu quarto. Ela olhou dentro das minhas gavetas, debaixo do colchão e numa caixa que fica na prateleira de cima do meu armário.

e no meu computador.

Pelo menos hoje, no laboratório de computação, o lugar ao meu lado estava livre e eu escapei da intromissão dos bisbilhoteiros. Aproveitei pra atualizar meu blog.

BLOG DA ESCOLA MIDDLEBROOKE:

ÚLTIMAS NOTÍCIAS DO

MELHOR BLOG DO MUNDO

Alunos em pauta: Shannon L. acabou de ganhar uma cachorrinha e lhe deu o nome de Shannon. Como será que elas vão fazer? Shannon, tá na hora de levar a Shannon pra passear. Senta, Shannon, fica!

Postado por: Blogueira Blogástica

SEXTA 05

NO BANHEIRO DAS MENINAS...

Estou oficialmente em estado de alerta total. Por que não tive essa brilhante ideia antes?

Eu realmente preciso descobrir o que aconteceu entre a Mia e o Andrew. Tipo, sério! Preciso descobrir o grau de paixão do Andrew antes de colocar meu próximo plano em ação (ou bolar um), que é fazer que sua paixonite seja direcionada pra mim.

Também preciso dar um jeito de conseguir mais fofocas pro meu blog. Será que existe um profissional pra isso, tipo um coletor de fofocas? Eu estaria superqualificada! E, a cada minuto que passa, ganho mais e mais experiência.

Organizei meu horário brilhantemente para estar, com a maior discrição possível, no banheiro das meninas, no refeitório e em outros pontos de fofoca, sempre que eu tiver uma oportunidade.

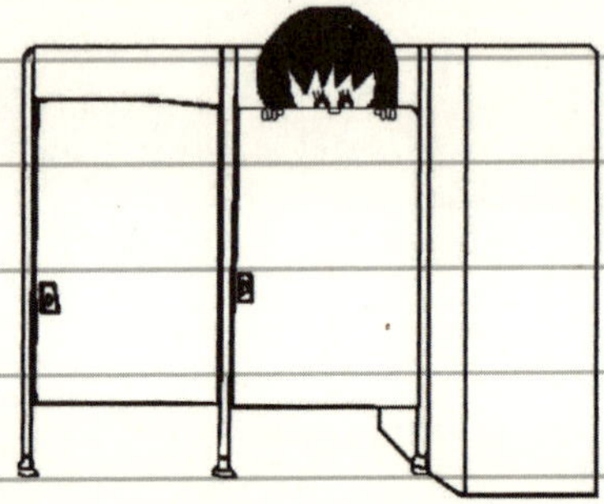

eu e meu comportamento superdiscreto

HORÁRIOS DE VIGÍLIA

SOFIA + Andrew

7:40 - 7:45	Antes do primeiro sinal - banheiro das meninas
9:25 - 9:35	Durante o primeiro intervalo
11:20 - 11:23	Entre a aula de matemática e a de ciências
12:00 - 12:15	Vigília parcial no almoço - refeitório
1:45 - 1:55	Durante o intervalo final - corredores

Então, veja que sorte a minha que a Mia St. Claire entrou no banheiro das meninas exatamente na mesma hora que eu. E também não é muita sorte que todas as cabines estivessem ocupadas exceto a Cabine Fedorenta Assombrada? Tudo bem que o outro banheiro das meninas fica lá do outro lado da escola, mas, mesmo assim, foi uma grande coincidência.

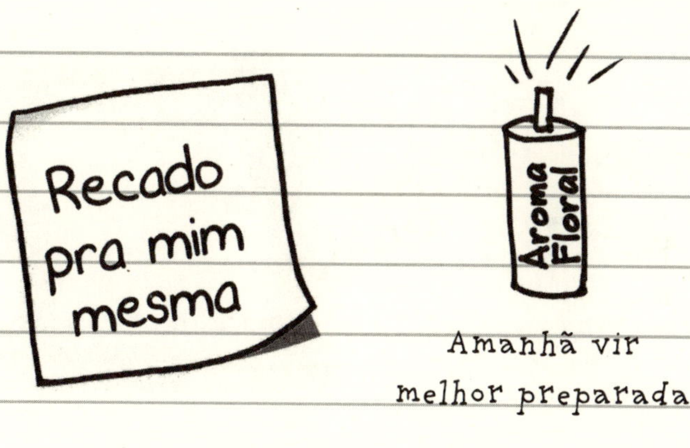

Mia St. Claire estava conversando com uma pessoa sem nome (o que significa que eu só conseguia vê-la de costas). E, de costas, a cabeça da pessoa parecia a da nossa professora de matemática, Megan. Talvez.

Diálogo com a maioria das informações corretas, conforme eu me lembro:

Mia St. Claire: Não acredito! Minha camiseta novinha, toda imunda!

Garota sem nome: O que aconteceu?

Mia St. Claire: Um passarinho fez cocô bem em cima de mim!

tentando conter ao máximo minha reação

Espiei pela fresta da porta da cabine pra conseguir enxergar melhor.

Mia St. Claire esfregava a camiseta com toda a força, embora fosse óbvio para nós, observadores (garota sem nome e eu), que o cocô de passarinho não ia sair.

Aliás, pelo jeito ela teria que sair por aí com a mancha de cocô de passarinho na camiseta. Se bem que não daria pra afirmar que era cocô. Tipo, talvez ela tivesse derramado leite. Ou sorvete. Se bem que ainda não estava na hora do almoço. Mas, olhando pelo lado bom, agora Mia St. Claire estava fedendo! Andrew ia perceber COM CERTEZA. E veria que, comparada a ela, eu sou supercheirosa.

Observação digna de nota:

Parte do passarinho continua na Mia St. Claire! Garota sem nome nem comentou nada sobre a pena na sua cabeça. Será que ela se fingiu de cega de propósito?

Será que brotaram asas na sua cabeça?

Se ela tem a mínima noção de que tem uma pena presa em seus cabelos espetaculares e maravilhosamente bem penteados, sua expressão de menina rica não demonstra.

Sim, eu sei! Já percebi que essa situação contém um inegável potencial bloguístico. A não ser pelo fato de que todo mundo vai ver antes que eu escreva a respeito. Mas, tudo bem. Tenho certeza de que nem TODO MUNDO terá visto. E aqueles que viram vão adorar ouvir (ler) a respeito de novo (eu, inclusive). Nona ficou de guarda enquanto eu atualizava o blog no computador da biblioteca durante a hora do almoço.

BLOG DA ESCOLA MIDDLEBROOKE:

ÚLTIMAS NOTÍCIAS DO MELHOR BLOG DO MUNDO

Alunos em pauta: Mia St. Claire se meteu numa briga com um passarinho. E perdeu. Por mais que ela tenha esfregado a camiseta, continua suja por conta de uma substância branca, mais conhecida como "cocô de passarinho". Isso pra não falar da última moda lançada por Mia St. Claire, que é usar penas de passarinho na cabeça.

Pais em pauta: A mãe de Justin Doral foi vista no estacionamento do shopping, com um colete laranja fosforescente, soprando um apito.

Postado por: Blogueira Blogástica

Comentário no blog por supervisor A.: É melhor não citar o nome dos alunos. Fofoca pode parecer uma coisa divertida, mas também pode magoar as pessoas sobre as quais você escreve.

Fiquei supereufórica por receber o primeiro comentário no meu blog, mas superchateada quando vi que era do sr. Anderson. E aquilo nem devia ser chamado de comentário, e sim de sermão.

SAB + DOM 06 & 07

Os dias do fim de semana se embolam como se fossem um único longo dia misturado de não escola. Devia chamar algo como sabamingo. Como se tivessem jogado o sábado e o domingo numa panela de água fervente, depois misturado os dois numa maçaroca. Eu sempre acho que sábado é domingo e que domingo é sábado, então, se fosse sabamingo, eu nunca me atrapalharia.

Nona proclamou hoje como o Dia Nacional de Observação de Pássaros em homenagem ao "incidente avícola" da Mia St. Claire. Mas daí minha mãe disse que esse dia existe de verdade. Fomos olhar no calendário, mas não encontramos. Deve ser um desses feriados fajutos que as pessoas inventam só pra parecerem superimportantes. Isso me fez pensar seriamente na possibilidade de decretar um dia ou um mês em minha homenagem.

Como o Mês Nacional Superdivertido da Sofia ou algo assim. Imagine quantos pontos de popularidade eu ganharia na escala! Será que posso simplesmente anunciar e daí já é oficial, ou será que preciso de uma patente, um registro ou algo assim? É melhor tomar cuidado e não escrever sobre isso no blog, pois Mia St. Claire muito provavelmente roubaria a ideia. E com o dinheiro que ela tem acabaria comprando um ano, e não apenas um mês em seu nome. Tipo o Ano Nacional da Belezice da Mia St. Claire. Ou algo assim. Bem, eu tenho o fim de semana inteiro pra pensar a respeito.

Nona e eu brincamos de "O que você prefere?": cada vez é uma pessoa que dá duas alternativas pra outra, e você tem que responder a verdade ao dizer qual prefere.

Nona: Você prefere enfiar um lápis no olho ou raspar a cabeça?

Eu: Raspar a cabeça. Prefiro usar peruca que tapa-olho.

Nona: Você prefere beijar seu papagaio ou sua mãe em público?

Eu: Meu papagaio. Sem dúvida.

Nona: Você prefere comer amendoim sem casca ou lamber um cano de metal no meio de uma tempestade de neve?

Eu: Essa é fácil, amendoim.

Daí foi a minha vez.

Eu: Você prefere comer lama com gosto de chocolate ou chocolate com gosto de lama?

Nona: Torta.

Eu: Essa opção não existe!

Nona: Eu não gosto de lama nem de chocolate. Então escolhi torta.

Odeio quando a Nona muda as regras no meio do jogo.

Outra ocasião em que a Nona mudou as regras

Esconde-esconde

A Nona tenta dar uma de esperta me dizendo que eu devia postar coisas a meu respeito. Respondi que meu plano é: depois que o blog estiver superbacana, vou começar a escrever sobre como nós também somos bacanas. Ela disse que não, que eu tenho que escrever sobre minha "não bacanice". Mas isso acaba totalmente com o objetivo do meu blog. E por que eu ia querer fazer isso?

A teoria da Nona é assim: se EU não fosse a Blogueira Blogástica, as coisas constrangedoras ou idiotas que acontecessem comigo seriam assunto pro blog. Portanto, ao me manter excluída desses acontecimentos, isso de certa forma denuncia minha identidade.

Eu lhe disse que sim, isso fazia algum sentido.

Vou tentar me lembrar das trapalhadas que acontecem comigo em vez de jogá-las lá pro fundo da minha mente, e empilhá-las num buraco de esquecimento para encobrir as tragédias que só queimam meu filme e, com isso, tentar me proteger dos traumas pro resto da vida.

HISTÓRICO DE TRAGÉDIAS QUEIMADORAS DE FILME DO ENSINO FUNDAMENTAL

Jeremy, o brigão do oitavo ano, enroscou o aparelho na blusa de um aluno do sexto ano.

Anastásia, do sétimo ano, ficou com chiclete grudado no cabelo e teve que raspar metade da cabeça.

Noah, do sexto ano, caiu no sono enquanto fazia um cartão para o dia das mães. Passou o dia sem perceber que estava com a palavra "mãe" estampada na testa.

SEGUNDA 08

Fofoca do banheiro das meninas

Megan, a menina que colou, foi pra diretoria, onde permanecerá pelo resto da vida. Ouvi com meus próprios ouvidos, então, deve ser verdade.

No dia seguinte, a moda das penas deixou de existir assim que Mia St. Claire afixou outro laço em sua exuberante cabeleira.

Tentei encontrar uma pena,
mas isso foi tudo que consegui arranjar.

Por mais que eu odeie admitir (tanto quanto odeio brócolis, coisa que eu odeio bastante), Mia St. Claire e eu, Sofia Becker, na verdade somos muito parecidas.

SEMELHANÇAS SIM, MAS NÃO SE LIMITAM A:

OUTRA SEMELHANÇA TOTAL:

O nome dela termina em "ia". O meu também. Isso, na verdade, faz que eu esteja a uma distância + M - Sof de me tornar uma Mia.

SUPERDIFERENÇAS:

Ridículas penas de cabelo 

Atitude metida
(dela, não minha)

Papagaio adestrável fofo, Sam Sam
(é meu, não dela. Sei que ela morre de inveja!)

Boletim Mia e Andrew: Andrew foi visto no armário da Mia, segurando seus livros. Por pouco não caio dura no chão!

Aqui jaz Sofia Becker.
Uma tragédia muito, muito triste.

Antes da primeira aula, guardei meu celular no armário e me recusei a pensar nos dois. Nona me olhou de um jeito estranho, e de repente me dei conta de que ela estava olhando pro meu celular. E daí ela me perguntou desde quando eu tenho celular.

Tentei fazer tipo de que não tem nada de mais, pois eu sei que a Nona é louca por um celular.

Hã? Esse treco velho aqui?

Também não contei para ela que depois de ter passado zilhões de anos implorando à minha mãe pra que me desse um celular, ela finalmente só me deu um porque esse ano eu comecei a vir de bicicleta pra escola. Embora eu more a dois quarteirões de distância, minha mãe é superparanoica. Ela deve ter instalado um dispositivo de rastreamento nas rodas da minha bicicleta. E, embora Nona viva falando que minha mãe é bem mais legal que a dela, ela fingiu que não está nem aí. E eu fingi que não estou nem aí por ela não estar nem aí. Além do mais, ter um celular nem é TÃO legal assim, por causa de todas as regras. E eu não vou admitir isso pra pessoas que não têm celular, porque, afinal, isso faz que eu pareça um pouquinho mais descolada.

O mais engraçado (não engraçado do tipo hahaha, mas o engraçado tipo tonto) é que eu desconfio que rolou uma reunião secreta entre pais e escola pra criar regras similares com o objetivo de arruinar nossas vidas.

Regras dos pais para uso de celulares:

- Só gastar os minutos com permissão.
- Proibido enviar mensagens em horário de aula.
- Pais podem bisbilhotar a todo e qualquer momento.

Regras escolares assustadoramente similares para uso de celulares:

- Celulares devem ficar dentro do armário durante as aulas.

- Proibido escrever e enviar mensagens durante as aulas.
- A escola pode confiscar os aparelhos (e bisbilhotar) sempre que as regras não forem cumpridas.

Já é difícil lembrar de todas as regras de casa, como eles querem que a gente se lembre de todas as centenas de regras da escola?

EU NÃO ME SURPREENDERIA SE EXISTISSEM REGRAS PARA:

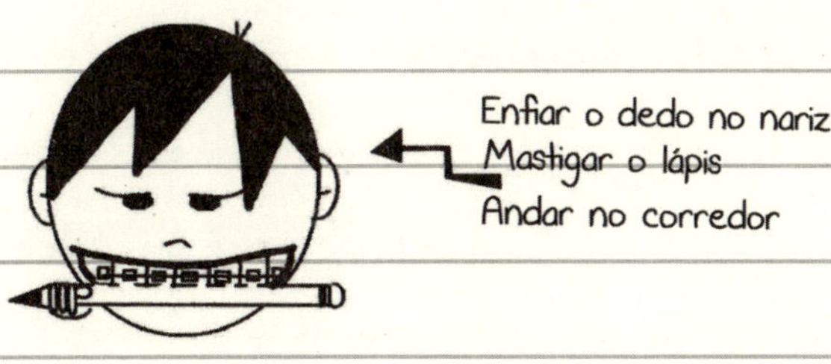

UM BURBURINHO NA ESCOLA...

As pessoas estão realmente lendo meu blog. O MEU blog! Estou me sentindo um super-herói. Blogueira Blogástica: tornando o mundo (= Middlebrooke) um pouco mais divertido, um post por vez.

Me sinto tão poderosa que acho que poderia escrever sobre qualquer coisa e as pessoas vão ler. E comentar. Agora só preciso seguir postando fofocas quentes para que meus leitores queiram sempre voltar pra ler mais. Daqui a pouco terei leitores suficientes pra poder escrever coisas sobre minhas amigas e eu. E é quase certeza que vou ficar popular. Mas eu me recuso a usar laços.

As pessoas querem saber quem é a mãe que está grávida. De acordo com o que ouvi (enquanto, sem querer, deixei minha caneta cair perto da porta, justo quando a Amélia estava conversando com a Emma) é a mãe de uma menina da nossa turma. Acho bem legal. Seria como poder ser babá. Só que em tempo integral! Hum, mas sem receber nenhum pagamento. Deixa pra lá.

Sou filha única, mas a Nona sempre foi como uma irmã pra mim. Nos conhecemos desde os dias desconfortáveis em que ficávamos esmagadas dentro da barriga das nossas mães. Elas são BFFs, o que nos tornou BFFs também. Contam que toda vez que nos encontrávamos, tentávamos sair aos chutes. Acho que isso tinha mais a ver com o fato de a Nona ser claustrofóbica. Da minha parte, vai ver era porque eu estava com gases.

Pelo jeito minha mãe adorava comer comida mexicana quando eu estava na barriga dela.

TERÇA 09

COMENTÁRIO ALEATÓRIO

Às vezes meu cérebro dá problema. Ele tem mania de dar branco nos piores momentos. É como se ele congelasse, só que sem a dor do congelamento.

esta sou eu com congelamento cerebral induzido

Talvez seja contagioso, porque Nona pegou sua mochila no meio da aula de geografia e depois esqueceu por quê.

Ou talvez seja consequência da zumbizice.

ZUMBIZICE (ZUM-BI-ZI-CE) adj., às vezes acontece durante a aula de geografia do sr. Allen, e é provocada por um tédio completo e total.

meu lado zumbi

Hoje, o sr. Allen pediu a cada um da sala que dissesse qual estado escolheu pro nosso trabalho sobre os estados. Minha resposta? Zumbizice. É que eu não estava prestando atenção. Quando ele perguntou num tom de voz não muito amigável: "Sofia? Qual o seu estado?", tudo que consegui responder foi: "Hum... confusão?". Ele ficou muito decepcionado comigo. Provavelmente teria me mandado pra diretoria, mas no fundo ele sabe que a culpa de eu estar com zumbizice foi dele mesmo, pra começo de conversa. Até meu pai me defenderia.

Acredito piamente que o sr. Allen te induziu à zumbizice e que você não tem culpa de não ter conseguido prestar atenção. Sr. Allen é quem merece ir para a diretoria, e não a minha filha absolutamente perfeita, Sofia Becker.

Mia St. Claire, com toda a sua educação, levantou a mão e perguntou se podia ir ao toalete.

IR AONDE?

Assim que ela saiu da sala, eu pedi pra ir ao banheiro. Mas a verdade é que, com minha inteligência superveloz, eu já tinha bolado um plano.

Eu, Sofia Sherlock, vou solucionar o mistério da questão "toalete". Pra isso vou usar minha supervelocidade secreta e seguir Mia St. Claire. Sem que ela saiba.

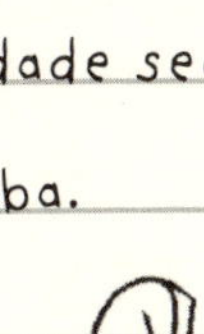

o misterioso mistério do toalete.

O que será? Soa como um laboratório supersecreto. Mas por que a Escola Middlebrooke teria um laboratório supersecreto? E por que Mia teria que ir até lá?

2 MINUTOS E 24 SEGUNDOS DEPOIS...

Meus dias (minutos?) de Sofia Sherlock não duraram muito. Ai ai.

Segui Mia St. Claire até o banheiro das meninas.

Quem adivinharia – além de Mia St. Claire – que "toalete" é apenas uma maneira elegante de dizer banheiro. As palavras não soam nem um pouco parecidas. Aposto que ela inventou essa palavra porque, realmente, banheiros são o oposto de elegância.

Pensando bem, Mia St. Claire escreve com uma caneta que, *DE FATO*, é toda elegante. Que nome será que ela dá pra caneta?

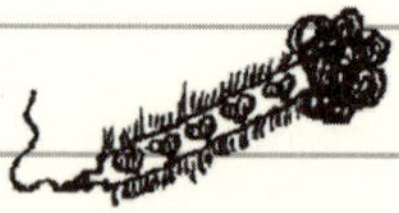

uma canetete?

A HISTÓRIA DA INVENÇÃO DOS NOMES

Sam Sam — Seu nome era Sam, mas, como ele adora repetir as palavras, ele meio que se renomeou.

Sofia — Minha mãe não conseguia pensar num nome. Até que certo dia ela se sentou num sofá e... tchan! Bateu uma inspiração! Mas, como sofá não é um nome muito feminino, eles acrescentaram a letra "i", que deixa qualquer nome mais feminino.

Nona — Não sei direito como seus pais chegaram nesse nome. Ela sequer me contou qual é o seu segundo nome.

E eu a conheço desde sempre! Tenho certeza que seus pais eram hippies. Então, provavelmente seu nome é uma homenagem a alguma árvore que eles abraçaram. Ou talvez sua mãe não estivesse inspirada como a minha, e Nona seja a abreviatura de Nome Nada.

Mia — Pra ela todas as coisas são "minhas, minhas, minhas", portanto seu nome é perfeito.

Andrew — Foi um anjo que desceu voando suavemente e sussurrou esse nome no ouvido da mãe dele.

BLOG DA ESCOLA MIDDLEBROOKE:

ÚLTIMAS NOTÍCIAS DO MELHOR BLOG DO MUNDO

Alunos em pauta: O irmão mais velho de E. S. pegou uma verruga ao encostar num sapo. Será que o E. vai pegar verruga também?

Professores em pauta: Todas as noites a professora T. leva comida do refeitório pra casa porque ela não sabe cozinhar. Ela é capaz até de deixar água queimar no micro-ondas.

Postado por: Blogueira Blogástica

QUARTA 10

A aula de Cemitério de Ciências fede! E não só por causa dos insetos podres que o sr. Q. guarda na gaveta da mesa (essa é uma longa história).

As duplas foram formadas aleatoriamente, contra a nossa vontade. Não sei bem por quê, mas o sr. Q. tem alguma coisa contra mim. Caí com a Senhorita Metida, Penélope, a que sonha em ser Mia. Na verdade, ela está mais pra comparsa da Mia. Ela é muito pior que a Mia. Na verdade, ela é como um panda. Parece doce e inocente, mas é totalmente maligna. Descobri, por meio de um documentário, que quando os pandas ficam irritados eles atacam. E, fala sério, quando é que a Penélope NÃO está irritada?

Reação da Penélope quando
disseram que seríamos uma dupla

parece sofrido, né?

Olhei pra Nona, certa de que seu olhar de tristeza ia fazer eu me sentir melhor por estar com a Penélope. Mas, pra minha surpresa, olhar pra ela teve o efeito contrário. Ela não parecia nem um pouco triste por não termos caído juntas. Aliás, estava com uma cara tão feliz que parecia que mal se lembrava da minha existência. Isso porque ela caiu com Joey, o candidato a menino mais lindo da nossa escola. No fundo, sei que a Nona gostaria que eu fosse seu par, em vez dele. No fundo, sei que a aula de teatro está afetando seu comportamento, e que ela está virando uma boa atriz. E ela com certeza merece um Oscar por essa atuação.

Pois no fundo eu sei que nenhuma menina ficaria tão feliz assim por conta de um garoto. A não ser que esse garoto fosse o Andrew. E que a garota fosse eu.

Estágios que acontecem quando sua BFF paquera um garoto:

Estágio 1. Ela repara que o garoto está olhando pra ela.

Estágio 2. Ela passa mais tempo com o garoto e bem menos tempo com a BFF.

Estágio 3. Ela não admite que está passando bem menos tempo com a BFF.

Estágio 4. A BFF é deixada de lado, feito o lixo do dia anterior, por causa do garoto.

QUINTA 11

ESTOU PERDIDA!

Megaminicrise! Meu caderno pré-blog sumiu! Tipo, alguém deve ter roubado.

Felizmente consegui encontrá-lo no banheiro das meninas durante minha última vigília. Estava no chão da Cabine Fedorenta Assombrada (eu sei, é nojento...). E ficou fora do meu alcance durante aproximadamente 15 horas, 26 minutos e 3 segundos.

Mas eis a má notícia, que fez meu coração despencar até o meu pé numa velocidade de 100 quilômetros por hora, como um carrinho de montanha-

-russa que cai lá do alto quando as pessoas menos esperam.

Tem uma pegada no MEU caderno.

Isso significa que:

Alguém além de mim entrou na Cabine Fedorenta Assombrada e pisou no meu caderno!

Possivelmente alguém LEU meu caderno.

Alguém que tem um pezão!

Agora, fico me perguntando (e tendo crises de pânico) se alguém de fato leu esse caderno superse-creto disfarçado de caderno absolutamente normal e sem graça. Preciso descobrir o mais rápido possí-vel. Tenho certeza que, se isso realmente aconteceu, vou ouvir conversas a respeito pela escola.

Mas até lá não vou conseguir pensar em outra coisa. Na aula de jornalismo, até o sr. Anderson percebeu e me perguntou se tinha algo errado. Não dava pra responder que talvez a minha vida in-teirinha tivesse sido jogada na privada. Ele nunca entenderia.

Professores sempre sabem quando
há algo errado com seus alunos

86-1/2 MINUTOS DEPOIS . . .

Ok, eu aceitei uma colaboração criativa da Nona que, inteligente como ela é, disse que precisávamos fazer alguma coisa pra desviar meus pensamentos da possibilidade de o meu caderno ter sido roubado.

Nona também me fez prometer cumprir nosso Pacto de Amizade.

Nele Nona prometeu jamais contar pra ninguém sobre a existência do meu caderno supersecreto, e eu prometi jamais escrever nenhum comentário maldoso a seu respeito no meu caderno. Mesmo quando estivermos brigadas e eu quiser descarregar minha raiva.

Nós até fizemos um pacto de sangue pra provar que a coisa era séria. Só que eu tenho horror a sangue. E à cor vermelha também. Então nós usamos mostarda.

Todo o estresse com meu caderno me fez perder a hora e eu me atrasei pra aula de matemática da sra. Peabody, a sra. Corpo de Ervilha. Ela é muuuito rigorosa e tranca a porta toda vez que o segundo sinal toca.

Peabody é um nome muito apropriado pra ela, pois o corpo dela parece mesmo uma ervilha. Do tipo que você cospe no guardanapo e esconde debaixo do prato na hora da janta. Só que tipo 80 vezes maior.

6 NANOSEGUNDOS DEPOIS . . .

DEPOIS DA ESCOLA

Nona me ajudou a perceber que (na verdade ela fazia que sim enquanto eu percebia) um blog sobre outra coisa sem relação com meu caderno poderia despistar as pessoas que estão na minha cola. Ou pelo menos gerar outro motivo pra conversas.

BLOG DA ESCOLA MIDDLEBROOKE:

ÚLTIMAS NOTÍCIAS DO MELHOR BLOG DO MUNDO

Alunos em pauta: M. terá que passar o resto da vida na diretoria por ter colado no provão de matemática. Ela anotou as respostas na sola do sapato, mas escreveu com uma letra tão minúscula que praticamente grudou os olhos no pé pra conseguir ler. Como alguém poderia NÃO perceber que ela estava colando?

Professores em pauta: Sra. B. vai botar aparelho nos dentes! Agora vai ficar igualzinha aos seus alunos.

Postado por: Blogueira Blogástica

Comentário no blog por aluno anônimo 1: Que chato esse lance de ser mandada pra diretoria.

Comentário no blog por aluno anônimo 2: Perguntei pra sra. B. e ela disse que isso é boato.

Comentário no blog por aluno anônimo 3: A pessoa que colou devia ter anotado as respostas na mão.

Comentário no blog por supervisor A.: Colar é uma coisa grave, e os professores chamarão seus pais para uma reunião se isso acontecer. Por favor, pensem duas vezes antes de fazer algo assim.

Comentário no blog por aluno anônimo 3: Eu não disse que ela devia ter colado, só disse que foi tonta na forma como colou.

SEXTA

12

NO BANHEIRO DAS MENINAS...

Mia entrou toda-toda no banheiro das meninas, sendo que eu era a única outra pessoa ali. E dessa vez eu não estava na Cabine Fedorenta Assombrada. Eba! Enquanto ela lavava as mãos, Penélope entrou, plac plac plac, com seus sapatos novos que parecem ter custado supercaro, e Mia reparou imediatamente.

Meninas como a Mia St. Claire são imediatamente atraídas por coisas caras da mesma forma que um macaco é imediatamente atraído por uma banana.

Então, depois que Mia e Penélope pararam de conversar sobre sapatos, Mia perguntou a Penélope se tinha mais alguém ali no banheiro. Eu subi na privada e me agachei. Claro que a Penélope espiou por baixo da porta de cada cabine pra ver se localizava algum sapato (provavelmente menos caro que o dela) no chão do banheiro.

Pensando que a área estava livre, Mia soltou uma bomba. Não, não é ISSO. Quis dizer que ela soltou uma fofoca.

Mia St. Claire: Você acha que Mike está a fim de mim?

Penélope: Mas aquela garota não está a fim dele? (-1 ponto de popularidade)

Mia St. Claire: Sério? Eu não tinha percebido.

Bem, mas será que ele gosta dela?

Penélope: Claro que não. Ele está a fim de você. Quem não está?

Mia St. Claire: Você jura que não conta pra ninguém?

Penélope: Claro! (+1 ponto de popularidade)

Epa, calma aí, sua admiradora de sapatos caros! Mike?! O garoto que Nona paquera desde sempre (o mês passado)?

Eu não tinha percebido que aquela garota estava a fim dele.

Por algum motivo, Mia St. Claire consegue fazer que a tragédia de uma calça em chamas pareça uma apresentação de "cheerleaders".

Mia St. Claire abriu um sorrisão enorme e exibiu seus dentes branquíssimos, embora não houvesse nenhum garoto presente. Ela deve guardar esses sorrisos absurdamente falsos pra ocasiões especiais. Ocasiões de guardar segredo, tais como aquela, por exemplo. Obviamente satisfeita, ela voltou a conversar com Penélope sobre sapatos. Os ricos são tão entediantes!

Senti uma cãibra numa das pernas dobradas, mas felizmente o sinal soou a tempo de abafar meus gritos de dor.

Depois disso eu me encontrava numa situação terrível. Será que eu devia contar esses últimos acontecimentos pra Nona? Ou agir como a BFF que sou e esperar pacientemente até obter mais informações? Digo, deve haver um trilhão de garotos chamados Mike na nossa escola. Então talvez fosse melhor não tirar conclusões precipitadas. Afinal, fofoca é uma coisa terrível pra se sair espalhando por aí...

NA AULA ZUMBI...

Eu estava completamente absorvida em meus pensamentos e sucumbi a mais um acesso de zumbizice. Dei um pulo quando, num gesto desnecessário, o sr. Allen bateu com a régua na mesa. Quando olhei pra cima, ele me lançava um olhar do mal. Daí, pra provar o quanto estava descontente comigo, ele me pediu que fosse até a frente da sala e mostrasse diferentes países num mapa-múndi.

Quando voltei a me sentar, ouvi risadas. Não risada do tipo hahaha, mas risinhos sussurrados que vinham do fundo da classe e rolavam até a frente como uma enorme onda que arrebenta na areia. Só que eu era a areia (ou talvez fosse um peixe que o mar descartou), pois a risada passou por cima de mim e eu não entendi qual era a graça.

Nona cutucou minhas costas com o lápis (a ponta afiada do lápis) e se debruçou pra avisar que tinha alguma coisa grudada no meu sapato. Olhei pra baixo e, quando vi o que era, fiquei vermelha. Sei disso porque toda vez que fico vermelha sinto um calor terrível. Como se minha cabeça estivesse pegando fogo. Como uma panela de batatas quentes.

Senhora Cabeça de Batata?

Um pedaço de papel higiênico de um quilômetro de comprimento estava grudado na sola do meu tênis. Todo mundo viu quando eu fui até a frente da sala. Mas o mais terrível é que Penélope me cutucou no meu lado direito com a sua caneta (a ponta da tampa), coisa que ela nunca fez, pois ela é descolada demais pra ficar cutucando pessoas que não são descoladas, como é o meu caso. Então, em estado de choque eu me virei, e parece que tudo aconteceu em câmera lenta quando ela perguntou: "Por acaso você estava no banheiro agora há pouco?".

Eu não podia dizer que estava no banheiro, pois ela havia olhado debaixo das cabines e ia descobrir que eu havia me escondido. E as alunas do sexto ano nunca usam o banheiro das meninas que fica lá do outro lado da escola. Todo mundo sabe que aquele banheiro é apenas pra alunas do sétimo e oitavo anos. Mas também eu não podia negar o fato de que havia um pedaço de papel higiênico grudado no meu tênis.

Meu cérebro congelou de novo enquanto, no maior desespero, eu tentava pensar no que responder, assim, rapidinho. No entanto, fui salva pelo meu olhar detalhista, pois notei alguma coisa no sapato da Penélope. Então, em vez de responder, eu apontei.

Assim como eu, ela estava com um pedaço de papel higiênico grudado na sola do sapato. Mas, por outro lado, um lado decepcionante, o dela tinha apenas alguns centímetros de comprimento. E ninguém viu a não ser eu. Mas pelo menos foi o suficiente pra que ela se virasse e esquecesse que eu não tinha respondido a pergunta.

Será que ela esqueceu mesmo?

Tinha papel higiênico demais no meu sapato pra que fosse apenas um rolo. Era como se eu tivesse desenrolado uma múmia.

BLOG DA ESCOLA MIDDLEBROOKE:

ÚLTIMAS NOTÍCIAS DO MELHOR BLOG DO MUNDO

Alunos em pauta: Agora M. St. C. está a fim de M. Esse é muito provavelmente o mesmo mesmíssimo Mike de quem N. B. está a fim, mas ainda não teve coragem de admitir pra ninguém. Pode ser que N. B. chame M. St. C. pra uma briga depois da escola. Fique conectado pra mais detalhes.

Os novos sapatos da P., embora caros e reluzentes, na verdade são falsos. Sim, é isso mesmo. Aqui você descobre primeiro. As marcas que P. usa são imitações. Quem ela pensa que está enganando?

Postado por: Blogueira Blogástica

Comentário no blog por aluno anônimo 1: Quero ver essa briga.

Comentário no blog por aluno anônimo 2: Minha aposta vai pra N. B.... Nona Bows, né?

Comentário no blog por supervisor A.: Brigas são estritamente proibidas de acordo com as regras da escola. Pare de blogar sobre atos de violência.

SABAMINGO 13 & 14

Nona soube do boato que ela ia brigar com Mia. Ela me perguntou se eu sabia alguma coisa a respeito. Eu admiti e disse que tinha escrito isso pra deixar o post mais interessante. Pelo menos até o sr. Anderson comentar. Ele usou uma coisa que eu postei como pretexto pra enfatizar uma regra da escola.

Embora Nona tenha ficado um pouco brava, ela me perdoou e me pediu que não escrevesse mais sobre ela. Ela só não ficou totalmente brava porque não descobriu a parte em que eu conto que ela está a fim de alguém. Mas como eu poderia lhe contar que postei isso? Quer dizer, eu só postei porque queria dedurar a Mia pra que o Andrew percebesse que ela está a fim de outra pessoa, e eu queria que Mike soubesse (se ele ler o blog) que ele não devia ficar a fim da Mia. Ele deve ficar a fim da Nona.

Então, durante o fim de semana eu fiz de tudo pra manter Nona LONGE do meu blog. Por sorte, durante a maior parte do sábado ela ficou fazendo compras com sua mãe. No domingo ela virá aqui em casa pra nossa tradicional noite de jogos, então, só preciso lembrar de não comentar nadinha sobre o blog.

Nunca pensei que eu tentaria IMPEDIR uma das minhas leitoras mais fiéis de ler meu blog. Mas tempos de crise pedem atitudes drásticas. Nona ficaria arrasada se lesse e descobrisse a verdade sobre Mike. E, sério, como sou sua melhorzíssima amiga, vou fazer de tudo pra que ela não acabe com o coração partido, como eu. Bem, isso até encontrarmos um jeito de acabar com Mia St. Claire. E, quando isso acontecer, Nona não vai mais se importar se eu escrever sobre ela no blog pela última vez.

Pergunta: Será que meu fim de semana pode piorar ainda mais?

Resposta: SIM.

EM CASA . . .

Meu pai teve uma "conversa-sentado" comigo, Sofia Becker, sua filha predileta (e única). Conversa-sentado normalmente significa uma conversa muito mais séria que uma conversa em pé. Ele disse que gostaria de me lembrar da importância de sempre apoiar minha mãe em sua carreira. Isso, na linguagem pai, significa "sua mãe vai fazer algo que você não vai gostar, mas você vai ter que aceitar".

Minha mãe é professora substituta. Ela trabalha em outra escola de ensino fundamental. Não na minha. Esse é o acordo não verbal que tivemos durante toda a minha vida.

Por isso agora estou tendo aquela sensação de friozinho bom na barriga. Será que minha mãe vai mudar de emprego? Um emprego bem longe de qualquer escola onde eu possa vir a estudar algum dia? Minha mãe entrou na sala com uma cara toda contente e que combinava com o friozinho bom na minha barriga e, sim, achei que ela estava prestes a anunciar que ela ia se tornar uma... cabeleireira! Ou repórter de uma revista de moda! Ou...

Eu vou trabalhar na sua escola!

Todos os meus dias que "não eram exatamente o pior dia" chegaram oficialmente ao fim. E aquele friozinho bom na barriga? Morreu. Uma morte súbita e dolorida.

MINHA própria mãe vai ser professora substituta na MINHA escola. Como ela pode fazer isso comigo? Acho que vou morrer de vergonha. Minha mãe explicou que lhe enviam pra onde for preciso, e por acaso a minha escola estava precisando.

Aqui jaz Sofia. Outra grande tragédia.

Meu pai, que me entende totalmente, botou um sorriso falso no rosto e assentiu, tentando me convencer a dar um sorriso igualmente falso.

Essa deveria ter sido a minha cara

Mas em vez disso parecia que
eu tinha acabado de engolir o celular

A QUESTÃO É A SEGUINTE...

Minha mãe fala muito alto. E quando ela está no modo professora? Daí pode esquecer de vez.

Mas agora, com ela na minha escola, vagando pelos corredores e basicamente à solta no meio dos meus colegas, seu tom de voz será totalmente inevitável. E constrangedor.

No primeiro ano, minha mãe levou bolinhos pra sala de aula no dia do meu aniversário. Mas, sério, eu devia ter distribuído fones de ouvido. Essa deve ser uma experiência traumática pra qualquer criança.

OUTRAS COISAS PARA ABAFAR O TOM DE VOZ DAS MÃES

Afogamento. Ainda daria pra ouvi-la, mas pelo menos meu humor estaria bem melhor.

Bananas nos tímpanos.
Uma indiferença quase prazerosa.

Minha preciosa cabeça enfiada num saco de papel enquanto ouço música no meu iPod. Mas não aquela música heavy-metal que mais parece gritaria em vez de música, pois nesse caso perderia o sentido.

Eu já não estava mais no pique de noite de jogos. Preferi ficar sentada e emburrada no meu quarto. Falei pra Nona não vir aqui pra casa, mas ela veio mesmo assim. E trouxe um pote de sorvete de chocolate.

Depois jogamos uma partida relâmpago de "O que você prefere?".

Eu: Lamber seu pé ou cheirar os pés do seu avô?

Nona: O meu.

Eu: Comer um inseto ou que uma mendiga te chute na cabeça?

Nona: Chute da mendiga. Eu consigo dar o troco.

Eu: Cair com Joey ou comigo pra ser sua dupla de ciências?

Nona: Essa não é uma pergunta écati.

Eu: É uma pergunta "o que você prefere".

Nona: Vamos brincar de "Verdade ou Desafio"?

E assim, sem mais nem menos, mudamos de assunto, e Nona começou a dizer trava-línguas com 15 marshmallows tamanho família dentro da boca.

SEGUNDA 15

Fofoca do banheiro das meninas

Ouvi Marcy contando pra Alissa que Mia St. Claire estava com uma cara péssima hoje de manhã. E que pode ser por causa do blog. MEU blog!

RECADO PRA MIM MESMA: conferir estatísticas do blog pra ver se o número de leitores dobrou. Talvez quadruplicou. Ou até miltiplicou! (Não importa se essa palavra não existe. Posso usá-la assim mesmo. É o MEU caderno.)

Talvez, se eu bancar a tímida e ingênua, ninguém vai imaginar por um momento sequer que minha mãe e eu somos parentes.

Sou muito azarada ou não sou? Ouvi alguém comentando com outra pessoa que eles ouviram de alguém que MINHA MÃE é a nova professora substituta da Escola Middlebrooke. Depois ouvi risos.

Depois ouvi um choro.

Era eu.

Que sorte a minha. Sério! Minha mãe será professora substituta de espanhol pra turma do primeiro ano, pois parece que o señor Garcia está doente. E minha sorte é que eu não tenho essa matéria! Mas na verdade ter uma Mãe Prof como substituta dessa matéria é até bem engraçado, por um motivo muito específico. Seu conhecimento de espanhol é praticamente inexistente! Aliás, eu devo saber muito mais espanhol do que ela!

Ao mesmo tempo isso não é muito engraçado porque tem uma tonelada de alunos populares fazendo essa matéria. O que significa que TODO MUNDO vai saber da deficiência espanholística da minha mãe, o que só me deixa mais envergonhada. Valeu, Mãe Prof!

Eu só espero que Mãe Prof se mantenha confinada exclusivamente àquela sala de aula a fim de diminuir o potencial de constrangimento nos corredores.

OS VÁRIOS TIPOS DE CONSTRANGIMENTO QUE PODEM SER CAUSADOS POR MÃES:

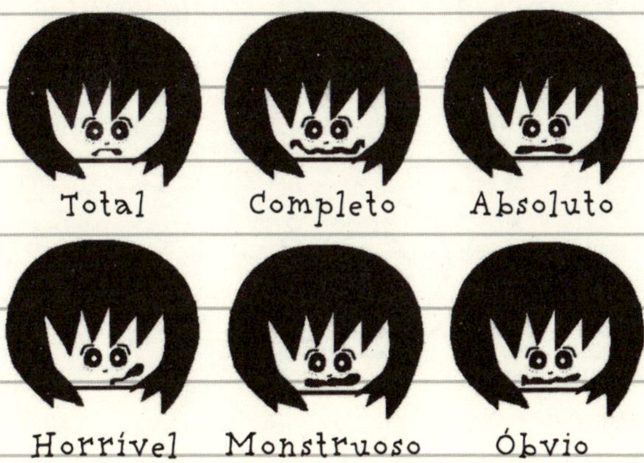

NO CEMITÉRIO DE CIÊNCIAS...

O sr. Q. disse que era pra trocarmos o endereço de e-mail com nossas duplas, pois teremos que dedicar um bom tempo da nossa lição de casa à escrita dos trabalhos. Prefiro cortar as velhas unhas cheias de sujeira da minha avó a ter que estudar com Penélope.

Enquanto Penélope foi rebolando até a mesa do professor fazer uma pergunta, Jimmy passou por mim e derrubou um livro que estava na minha mesa. Eu me abaixei pra pegar o livro e percebi que, muito convenientemente, ele tinha caído ao lado da mochila da Penélope. Então meu cérebro começou a especular sobre que tipo de coisa garotas como a Penélope costumam guardar na mochila.

Eu não ficaria nada surpresa se a Penélope escondesse na mochila:

Várias fotos dela mesma. Vai saber quando um Momento Contação de Vantagem aparece.

Gloss labial extrabrilhante de várias cores. Pra mim todos parecem rosa vômito.

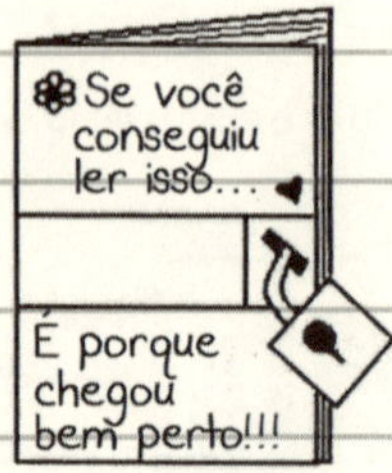

Um diário secreto cor-de-rosa (caderno é bem melhor, por sinal) cheio de melodramas envolvendo garotos e punhaladas pelas costas.

Meu coração bateu feito um tambor colado às minhas orelhas, então rapidamente vasculhei a mochila da Penélope, que, pra minha decepção, parece normal, bem parecida com a minha.

Então, avistei um pé a alguns centímetros da minha cabeça. Um pé num sapato chique.

— Meu livro caiu — eu digo pra Penélope enquanto volto a me sentar na minha cadeira.

— Só os culpados se explicam — ela diz, fazendo pouco caso.

Isso ela deve saber por experiência própria.

Então eu faço a única coisa pra qual eu tenho talento. Mudo de assunto e peço o e-mail dela.

— Você sabe, né... pra que a gente possa... estudar juntas.

Eu quase finjo engasgar nessa última palavra.

Ela revira os olhos, mas morde a isca.

— Não — ela diz. — Vamos trocar número de celular. Minha mãe é muito enxerida e não é sempre que eu olho meus e-mails.

Ela anota o número dela (provavelmente um número falso!) num pedaço de papel que eu jogo dentro da mochila e depois esqueço. Daí ela convenientemente anota meu número na palma da mão, que em breve ela terá que lavar.

TERÇA 16

MUITO ESTRANHO . . .

Foi a coisa mais estranha do mundo. Esqueci de como se corre na pista de corrida, pois de repente eu estava totalmente concentrada em bolar um plano pra me vingar da Mia. Nosso professor fedorento de educação física, o sr. Jim, que além de tudo tem um problema de transpiração, interpretou meu esquecimento como uma recusa em participar da aula e me mandou pro vestiário.

Não sei o que o sr. Jim esperava que eu fizesse no vestiário. Será que era um castigo? E, caso fosse, será que ele me mandaria pro vestiário todos os dias? Nem tirei o uniforme de educação física, que não fedia nem chegou a ficar suado. Em vez disso fui escondida ao vestiário dos meninos, que fica na porta ao lado. Eu sempre tive curiosidade em saber como era lá dentro. Talvez eu desse sorte e ouvisse uma fofoca de menino.

"Não posso deixar ninguém me pegar aqui." Você já ouviu dizer que focar seu pensamento numa ideia, ajuda a torná-la realidade? Eu também não. Mas achei que poderia tentar.

Outras coisas nas quais eu deveria tentar focar meu pensamento.

Estava um silêncio mortal no vestiário dos meninos. E o cheiro também era mortal. Credo, por que será que os meninos fedem tanto? O nosso vestiário tem cheirinho de spray com aroma de frutas e fragrâncias florais. Pelo menos a gente se esforça pra disfarçar nosso fedor.

Como o vestiário estava um tédio e vazio, saí escondida antes que alguém descobrisse que eu tinha entrado ali.

Para matar o tempo no vestiário, peguei meu caderno e fiz uma lista dos outros blogs do site da escola. É possível ver quantas pessoas entram em cada blog, por isso eu tenho como saber exatamente com quais blogs estou competindo. A maioria deles é de alunos anônimos, como eu. A boa notícia é que são poucos os que postam o tempo todo. Alguns simplesmente não são interessantes. Tipo, uma pessoa que posta poesia sem graça e sem rima, que você não consegue nem entender. Tem outro com fotos de carros retrôs, que é atualizado uma vez por mês. Mas os blogs que poderiam vir com garantia de que curam insônia são:

Conversando sobre esportes

Dicas de matemática

Clima (basta olhar lá fora se você quer saber se está chovendo!)

Pesca

Mas os blogs que são mais legais e provavelmente são escritos por alunos que querem ser descolados, como é o meu caso, são:

Notícias fashion para nerds (há muitos de nós, nerds, por aí!)

Notícias do almoço: as últimas novidades, mas não as melhores

Crítica de cinema: os últimos lançamentos com críticas honestas

Estava perdida em meus pensamentos quando ouvi uma voz familiar gritando atrás de mim:

— Sofia!

O que minha mãe estava fazendo ali no vestiário?

— Soube que você não estava participando da aula.

Ela parecia toda preocupada, mas era apenas um jeito de falar que as mães usam pra fazer que a gente diga a verdade.

— Hum, e como você soube?

Sério, como ela descobriu? Fazia só vinte minutos que a aula tinha começado.

— Seu professor de educação física ligou pra mim na sala dos professores, já que eu tenho esse horário livre. Ele disse que talvez você estivesse passando mal.

É assim que professores falam quando querem te meter numa encrenca com seus pais, mas sem ter que dizer explicitamente.

— Não, estou bem, mãe. Sério.

E, como acontece com a maioria das mães, ela não acreditou. Ela quis tirar minha temperatura e me levou direto pra enfermaria.

BLOG DA ESCOLA MIDDLEBROOKE:

ÚLTIMAS NOTÍCIAS DO MELHOR BLOG DO MUNDO

Alunos em pauta: A casa do A. S. é assombrada. E ele dorme num caixão.

Professores em pauta: Pelo jeito professores também fazem fofoca.

Comentário no blog por aluno anônimo 1: Como você descobriu isso sobre os professores? Seus pais trabalham aqui ou algo assim?

QUARTA

17

PROJETO OLHOS DE VACA

O sr. Q. disse que amanhã vamos dissecar o globo ocular de uma vaca. Globos oculares de verdade! A notícia provocou vários tipos de reação diferentes (e sons) na classe:

Eu: Eca... coitada da vaca!

Nona: Legal! Suco de olho!

Penélope: Que nojo. Melhor não espirrar na minha roupa.

Joey: Demais! Podemos ficar com eles depois?

Aluno inteligente que senta lá na frente: A córnea vai ficar intacta?

O aluno que senta na frente da classe
(ninguém sabe o nome dele)

Acho que amanhã vou ficar doente e serei obrigada a ficar em casa (cof, cof).

DEPOIS DA AULA . . .

No corredor ouvi sussurros bem parecidos com os de fofoca. Parecia que vinham de três armários logo adiante, então me mantive ocupada no meu armário, fazendo absolutamente nada, mas fingindo que estava fazendo alguma coisa. Até que minha mãe me viu e acenou, gritando meu nome tão alto que todo mundo virou e olhou pra mim.

Juro que eu acho que ela só está na minha escola pra me fazer passar vergonha. Meti a cara no armário, querendo me enfiar lá dentro. Por sorte ainda deu pra ouvir a fofoca:

Embora parecesse fofoca numa lata de alumínio.

Stephanie: Então, você sabe quem é a garota da mãe grávida?

Madison: Não (risos), mas isso vai acabar com a vida dela.

Stephanie: Nem me fale. Quando minha irmãzinha nasceu, parecia que eu nem existia mais!

Madison: Tenho dois irmãos mais velhos, e eles são um saco! Fico com dó dessa garota.

Stephanie: Total! E que vergonha ter uma mãe que deve ser a maior velha, ficando gorda e grávida.

Ainda não descobri a identidade da aluna, mas tenho certeza que ter um irmão não deve ser tão ruim assim. Tipo, Nona e eu vivemos praticamente grudadas 24 horas por dia, 7 dias por semana. E ela pega minhas coisas emprestadas sem nem perguntar. E me dedura quando precisa salvar sua pele. Mas acho que eu também faço isso. De vez em quando.

Mas ela não acabou com a minha vida e nem eu com a dela. Será que o fato de termos pais diferentes, e que nos mimam, torna a coisa mais fácil? Tudo bem, talvez não seja exatamente a mesma coisa, mas eu meio que consigo imaginar como seria ter um irmão ou uma irmã.

Me encontrei com a Nona na frente do meu armário e fomos direto pro banheiro das meninas pra que ela pudesse espionar comigo. Não estava cheio, mas uma garota chamada Ruby estava usando uma das pias. Fingimos que estávamos amarrando o cadarço dos nossos tênis, o que nos manteve ocupada.

Eu estava de sandália, então fingi que eu também estava amarrando os cadarços da Nona.

Daí nós ouvimos um "Eca" da Ruby.

— Essa pia está entupida.

Ela olhou pra nós como se fossemos encanadoras. A pia estava cheia de bolhas de sabão. Nossa, será que as mãos da Ruby estavam tão sujas assim?

Ela saiu rápido, sem nem secar as mãos, como se estivesse tentando fugir. Nem fechou a torneira direito.

Nesse momento Penélope e Mia entraram. Olharam pra nós, pra a pia e de novo pra gente. Penélope disse:

— Ai meu Deus, o que vocês fizeram? — quando a água começou a vazar pela borda da pia e cair no chão.

— Não fomos nós... — Nona respondeu, mas claro que Penélope virou os olhos e Mia deu um sorrisinho malicioso. Que beleza.

E sabe o pior? Ao sairmos do banheiro trombamos com minha mãe, que passava por ali bem naquela hora. Penélope acenou pra ela e disse, toda meiga:

— Olá, sra. Becker. A senhora viu a faxineira por aí? Sofia entupiu a pia.

Eu queria morrer.

BLOG DA ESCOLA MIDDLEBROOKE:

ÚLTIMAS NOTÍCIAS DO MELHOR BLOG DO MUNDO

Alunos em pauta: Hoje R. T. entupiu a pia do banheiro das meninas. Não sabemos ao certo como, mas ela foi vista deixando a cena.

Comentário no blog por aluno anônimo 1: Como assim? Todo mundo sabe que foram Sofia e Nona.

QUINTA

18

DIA DO OLHO DA VACA MORTA

Quem será a pessoa responsável por esse trabalho totalmente não divertido de arrancar os globos oculares das vacas mortas?

Eu me pergunto que tipo de pessoa fica pensando em coisas tão nojentas assim?

Hoje, a Penélope, mais conhecida como "A Mala", resolveu usar a imitação de marca mais cara que eu já vi. Isso pra não falar da sua saia, que, de tão branca, eu quase precisei botar óculos de sol.

Ela me sabotou completamente ao me obrigar a ser a pessoa do bisturi que corta o globo ocular. Onde já se viu fazer uma coisa dessas? Era ELA quem deveria cortar enquanto eu só faria caretas, resmungaria e desviaria o olhar daquela nojeira toda.

Fiquei furiosa, e não é uma boa ideia enfurecer a pessoa que está com o bisturi na mão, né? Claro que não prestei atenção e acabei fazendo a incisão bem na parte do olho que esguicha, sendo que eu tenho certeza que essa não era uma das partes que deveríamos cortar, e então suco de olho jorrou pra tudo quanto é lado!

Ok, não foi pra tudo quanto é lado, mas em tudo quanto era lugar que importava. Como: bem no modelito megahiperbranco da Penélope.

Culpada por cometer um ato antifofo.

Se tem alguém que sabe gritar como uma garota que é atacada por zumbis num desses filmes de terror, essa garota é a Penélope. E, se tem alguém que sabe rir como se estivesse no show dos comediantes mais engraçados do mundo, é a nossa classe.

Ela me fuzilou com o olhar enquanto seu rosto foi ficando vermelho num tom que combinava com o esmalte das unhas dos seus pés.

O "Maçã de Nova York", pra ser exata.

— Sua idiota — ela gritou, e saiu da sala pisando duro.

Provavelmente a caminho do banheiro pra se lavar, mas torci pra que ela se afogasse na privada.

BLOG DA ESCOLA MIDDLEBROOKE:

ÚLTIMAS NOTÍCIAS DO MELHOR BLOG DO MUNDO

Alunos em pauta: Por acaso alguém aí NÃO reparou na mancha de suco de olho na roupa da P.? Uma mancha em forma de olho de vaca? Dizem que P. é da pá virada e gosta de descarregar sua raiva na carcaça de pobres animais e em seus órgãos.

Pais em pauta: A mãe de A. E. possui muitos poderes, entre eles poderes psíquicos. Ela sabe ler mentes e também descobrir o que você está prestes a fazer antes mesmo que você faça. Então não faça nada na presença de A. E.! Além do que, talvez as habilidades da sua mãe sejam transmissíveis.

Postado por: Blogueira Blogástica

SEXTA 19

Estou de castigo! E morta! E... e... bem encrencada!

Fui mandada pra diretoria e quando meus pais descobrirem vão me deixar de castigo pro resto da vida.

Se eu fosse um gato, eles me deixariam
de castigo por sete vidas.

Nem foi culpa minha. Não exatamente. Esqueci de guardar meu celular no armário e ele tocou no meio da aula. Era pro toque do meu celular ser encoberto por toda a gargalhada que ainda estava rolando depois que Penélope saiu da sala, por causa do lamentável incidente com o suco de olho. Eu digo "era" porque o GMAM, que senta bem ao meu lado, gritou:

— Ei, de quem é esse celular que está tocando?

Nem reconheci o número da pessoa que ligou pra mim. Eu devia ligar de volta e desligar assim que a pessoa atendesse só pra ver se reconheço a voz. Só tem uma coisa que me impede de fazer esse telefonema. E essa coisa é meu celular. É que temos um probleminha: meu celular foi confiscado pelo professor, e só vou consegui-lo de volta se minha mãe pedir. Mas nem assim vou consegui-lo de volta, pois vou passar o resto da vida de castigo e sem celular.

E a Nona vai me dar um chute na garganta
se eu não puder mais falar com ela no celular
por causa de uma bobagem que eu fiz.

Claro que minha mãe descobriu rapidinho que eu tinha sido mandada pra diretoria. Ela me procurou no intervalo e disse que já estava sabendo de tudo e que "vamos conversar sobre isso mais tarde". Essa é a pior parte. Acho que pais desejam que seus filhos fiquem preocupados com seus castigos durante o maior tempo possível antes de finalmente dizerem qual será o castigo.

SEXTA
DEPOIS DA ESCOLA . . . NA DIRETORIA

Eu não sabia direito o que esperar quando fui mandada pra diretoria, mas com certeza não achei que ali eu fosse ouvir fofocas.

Mas adivinha quem acabou sendo mandada pra diretoria exatamente no mesmo dia que eu?

Mia.

Coincidência? Acho que não. E adivinha o quê? Andrew também foi mandado pra diretoria. Aposto que ele foi pra lá de propósito, só pra poder dizer que ele está a fim da Mia. E que sorte a minha de poder testemunhar tudo isso.

De repente Mia St. Claire tenta ter um comportamento humano. Ela se inclina para Kylie, a garota sentada na minha frente, e sussurra. E foi um desses sussurros altos que podem ser ouvidos mesmo que você esteja a mais de uma orelha de distância.

— Ele não é lindo? — ela pergunta no seu sussurro alto, mas angelical. (brincadeirinha!)

Acho que preciso fazer que Andrew saiba logo que Mia St. Claire não está tão a fim dele.

Dei uma olhada superrápida pro Andrew, que obviamente não ouviu ou não estava prestando atenção. Ou as duas coisas.

Kylie respondeu:

— Ah, sim, Andrew é lindo, SIM.

Mia, que é a maior riquinha maria vai com as outras, balançou a cabeça com um sorrisão enorme.

— Não, ele não. ELE.

Segui seu dedo, com a unha pintada, que apontou para além do Andrew para...

O Fedor Fedorento? Acho que toda a fortuna e beleza de Mia St. Claire acabaram afetando seu cérebro.

Kylie pula Fedor Fedorento e olha pro garoto atrás dele.

— Mike?

Mike Sprat. Sim, a maior paixão da Nona desde sempre.

A-há! Eu sabia. Sabia que o que eu tinha ouvido era total verdade e estava totalmente certa. É como se Mia St. Claire não tivesse ficado satisfeita em ter ido atrás do MEU paquera. Agora ela quer ir atrás do paquera da Nona. Ela quer acabar com todas nós e formar seu próprio pequeno exército de meninos com os NOSSOS paqueras pra então dominar a escola. Ouvi com atenção.

Kylie: Ouvi dizer que Mike Sprat tem uma doença.

Mia: Quê? Qual doença?

Kylie: Cuspite.

Mia: Cuspite? Como assim?

Kylie: Sempre que ele está a fim de uma garota e vai falar com ela, ele cospe em cima da menina. É como se suas palavras e o cuspe fossem uma coisa só. Ele não consegue controlar. E, infelizmente, não tem cura.

Mia: Ah, não me importo se ele tem cuspite. Ele é lindo mesmo assim. É superlegal. Conversei com ele ontem, mas ele não cuspiu em mim. Acho que ele não gosta de mim.

Nona se afogando num mar de cuspe de amor. Qualquer garota não morreria de inveja?

E bem nessa hora eu juro que a ouvi dizer baixinho: "ainda". O que na verdade não devia ser nenhuma surpresa pra mim, pois um comentário desses é algo tipicamente Mia St. Claire.

SABAMINGO 20 & 21

OUTRAS FOFOCAS QUE OUVI NA DIRETORIA

1. Nona está brava comigo por ter blogado sobre ela e Mike.
2. Penélope DESPENCOU na escala de popularidade, de acordo com Mia St. Claire, que disse isso pra Megan, a coladora em provas de matemática.
3. Penélope é a Blogueira Blogástica. Eu sei... eu também não consigo entender isso. Tipo, quem teria imaginado que Penélope é a voz anônima por trás do blog mais

popular de todos os tempos?

Piscadinhas.

No fim, meu sabamingo foi um saco. Foi super sem graça, principalmente porque foi sem a Nona. Tentei ligar pra ela, pra pedir desculpas, mas acho que ela está rejeitando minhas chamadas.

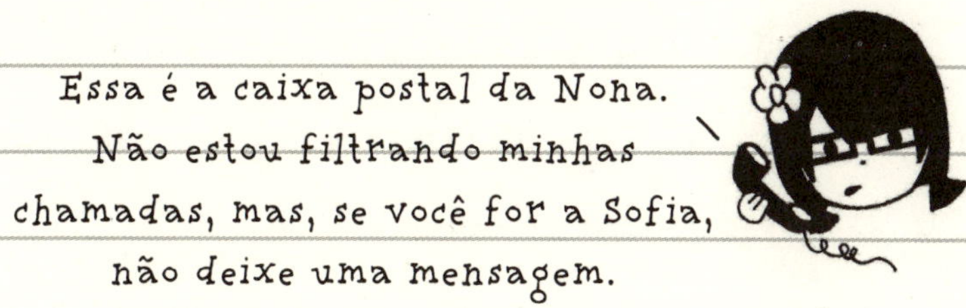

E a pior parte do sabamingo? Penélope veio aqui pra casa pra me ajudar a fazer o trabalho de ciências sobre os olhos da vaca. Eu meio que estava evitando ela desde aquele dia, mas ela não, e nem estava sendo a pessoa terrível que normalmente é. Inclusive, foi ela quem sugeriu vir até aqui. Daí eu descobri por quê: sobrou pra mim escrever tudinho enquanto ela ficou retocando as unhas, que já estavam pintadas.

Fiquei tão brava que tomei coragem e lhe perguntei por que ela se deu ao trabalho de vir até a minha casa, pra começo de conversa. E sabe o que ela respondeu?

— Se eu não viesse, você ia dizer que não participei.

Mas participar não significa fazer alguma coisa de fato, tipo participar? De jeito nenhum que eu ia fazer todo o trabalho e deixar que ela ganhasse nota com isso. Na segunda-feira vou perguntar pro sr. Q. se posso trocar de dupla.

Desconfio que a Penélope não gosta de dramas que não sejam criados por ela mesma, pois quando eu falei o que ia fazer ela disse:

— Você não pode me ameaçar, sua idiota.

E em vez de sair correndo da minha casa, numa retirada espetacular, primeiro ela foi ao banheiro.

A única coisa boa desse sabamingo foi que meus pais mostraram que eles têm um lado sensato, e isso foi totalmente demais. Eles disseram que não estavam felizes por eu ter sido mandada pra diretoria, mas sabem que sou uma "boa menina e que isso não vai acontecer novamente". Devolveram meu celular, mas suspenderam o direito de mandar torpedos por uma semana. Na verdade isso nem é tão ruim, pois no momento Nona não está me mandando mensagens, e eu quase não mando mensagens pras minhas outras amigas.

Ah, sim, sobre o número da pessoa que ligou pra mim e que fez que eu fosse mandada pra diretoria, pra começo de conversa... Puxei o celular do bolso e apertei RETORNAR CHAMADA. Um minuto depois Penélope apareceu com seu celular na mão.

— Por que você está ligando pra mim? Credo, como você é estranha.

— Então foi <u>você</u> quem ligou pra mim naquele dia, no meio da aula? — eu lhe perguntei.

— Liguei. Você realmente não devia deixar seu celular na mochila pra todo mundo ver.

— Não acredito que fui pra diretoria por sua causa.

— Não acredito em como você é nerd.

E com isso ela saiu da minha casa feito um furacão.

Parecia uma daquelas tempestades de filme, que devastam metade do planeta.

SEGUNDA 22

Boa notícia: Quando eu contei ao Sr. Q. que fiz o trabalho todo e que a Penélope se recusou a ajudar, ele deixou que eu desfizesse a dupla. Se bem que agora cada uma terá de fazer o projeto sozinha, o que vai ser péssimo pra ela, porque vou ficar com o relatório completo que já está pronto, e ela vai ter que fazer tudinho, tudinho.

Essa história fez que eu saísse dançando de alegria. Algo errado nisso?

Depois que a Nona passou um tempão me evitando, eu corri até o armário dela assim que a vi.

Eu: Você não vai poder ficar me evitando pra sempre.

Nona: Posso tentar.

Eu: Mas você não quer. Nós somos BFFs.

Nona: BFFs não são cruéis e não postam pelas costas.

Eu: Eu sei que eu não devia ter feito aquilo. Fiz sem pensar. Desculpa.

Nona: Como posso ter certeza de que você está arrependida?

Eu: Prometo que nunca mais vou postar nada sobre você. E te dou minha barra de chocolate.

Nona: Desculpada.

Nós nunca brigamos pra valer, mas nunca tínhamos ficado tanto tempo sem nos falar como dessa vez. Foi horrível ficar sem a Nona. Agora que voltamos a ser amigas, Nona me contou, na maior animação, sua maravilhosa novidade superemocionante. Ela conseguiu o papel na peça de teatro da escola! Mas é um papel pequeno. E sem falas. Ela disse que todo mundo tem que começar por algum lugar. Eu disse que vou ser a pessoa sentada na primeira fileira e a que vai aplaudir mais alto depois que ela terminar de não falar.

Daí eu contei pra Nona minha novidade super-espetacular: até agora absolutamente ninguém sabe que o blog é meu. Ou o caderno. Nem nada!

Meu caderno pré-blog, embora tenha sido pisoteado, não foi lido! Eu falei pra Nona que deveríamos comemorar, mas Nona me explicou por que não deveríamos.

Uma notícia horrivelmente surpreendente:

Penélope não despencou na escala de popularidade. Durante a noite ela conquistou um montão de pontos de popularidade, que quase lhe deram vantagem sobre Mia St. Claire. E sabe por que motivo? O blog DELA. O que significa, o MEU blog. Ela está superpopular por causa do meu blog. Agora todo mundo acha que ela é ousada e megadescolada (a não ser por alguns alunos sobre os quais "ela" andou blogando e que ainda estão com bode dela). Inclusive, parece que agora os alunos estão tentando fazer média com ela pra que ela não escreva coisas sobre eles. Tudo bem que esse tipo de popularidade pode ser uma enganação, mas...

O blog é MEU.

Talvez eu possa espalhar a fofoca de que o blog não é dela. Ou até blogar dizendo que o blog não é dela.

Algo assim. Mas, sério, essa popularidade massiva é temporária, e Mia St. Claire não vai ler o Melhor Blog do Mundo se achar que a blogueira é a traíra da Penélope. O que significa que todo mundo vai parar de ler. O que significa que... meu plano de popularidade absoluta vai fracassar.

E agora Penélope acha que ela é total "super-superpopular" em vez de "simplesmente popular" e, pra ficar pau a pau com Mia St. Claire, ela aumentou o tamanho do seu laço. No entanto, está na cara que Mia St. Claire já se deu conta desse desafio e se recusa a deixar que Penélope roube sua posição na escala de popularidade.

Obviamente Mia St. Claire não vai cair sem uma boa briga antes.

BLOG DA ESCOLA MIDDLEBROOKE:

ÚLTIMAS NOTÍCIAS DO MELHOR BLOG DO MUNDO

Alunos em pauta: Laços à parte, Penélope NÃO é a blogueira por trás DESTE blog. E, não, essa que escreve não é a Penélope fingindo não ser a Penélope. Então, Penélope, se você estiver lendo isso, pare de tentar assumir o crédito por este blog.

Em outros assuntos, a identidade exata da aluna cuja mãe está grávida ainda não foi determinada, embora existam algumas suspeitas. É apenas uma breve questão de tempo antes de descobrirmos quem é.

Postado por: Blogueira Blogástica

TERÇA 23

Eu estava colocando meu novo plano em ação quando puxei Nona pra dentro do banheiro das meninas.

Muito bem, esse plano é tão bem pensado e brilhante que vai funcionar. Tem que funcionar. Nona e eu estávamos paradas ao lado da pia, fingindo ter germefobia e lavando nossas mãos, que já estavam limpas, quando tivemos a seguinte conversa:

Eu: (Em voz alta) Então, Nona, você ficou sabendo da Penélope?

Nona: (Faz sim com a cabeça)

Eu: (sussurrando entre dentes cerrados) Você tem que responder que sim!

Nona: Ah, sim!

Eu: E aquilo não é supermentira?

Nona: (Silêncio. Virando os olhos

pra trás. Essa é a sua cara de quem está pensando. Ela esqueceu a fala... de novo!)

Eu: (Improvisando) Ah sim, é supermentira, como você mesma acaba de concordar. (Eu lhe dou uma cotovelada na cintura.)

Nona: Aiê! (Doeu.)

Eu: Pois é, eu sei quem é a verdadeira blogueira, e com certeza não é a Penélope. De jeito nenhum.

Nona: (Dá de ombros)

Nesse exato momento alguém abriu a porta do banheiro das meninas e, tipo, umas cem pessoas entraram (tá, cinco). Observei em estado de choque quando cada uma entrou nas cabines e eu me dei conta da coisa mais surpreendente e terrível. Todas as cabines estavam completamente vazias.

Ninguém — ouviu — nossa — conversa.

Talvez eu tivesse percebido se houvesse prestado mais atenção. E se tivéssemos olhado debaixo das portas.

SEMPRE olhe debaixo das portas. E SEMPRE olhe pra ver se encontra um par de pés com sapatos caros, embora não exatamente lindos.

Peguei no braço da Nona e a puxei pra fora do banheiro das meninas. E adivinha quem encontramos?

A) Mãe que fala alto

B) Mãe constrangedora

C) Mãe Prof

D) Todas as alternativas anteriores

DEPOIS DA ESCOLA . . .

Essa história de Mãe Prof precisa acabar. E rápido! Eu tive de convencê-la de que eu não estava com o intestino solto. Só porque ela me vê no banheiro das meninas, ou indo pro banheiro das meninas, ou saindo do banheiro das meninas não significa que estou com problemas intestinais. Mas, pelo jeito, na Mãelândia significa sim.

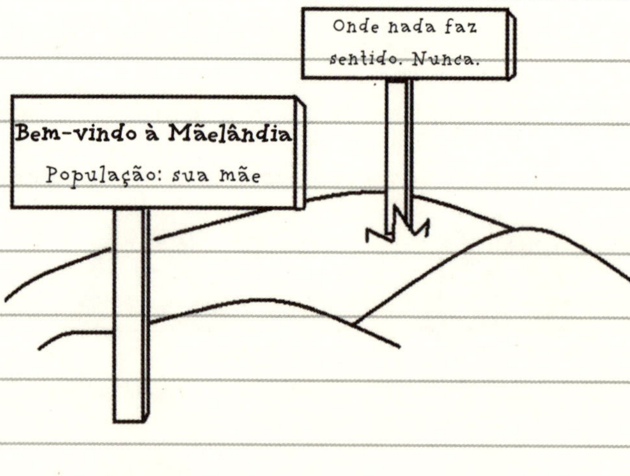

MAIS TARDE, DEPOIS DA ESCOLA . . .

Eu ainda estava me sentindo mal por ter postado coisas sobre a Nona pelas suas costas. Então lhe ofereci uso ilimitado do meu celular como uma maneira de mostrar que estava arrependida. Mas ela recusou. E disse que não tinha inveja do meu celular. Ela disse que tem telefonecelularfobia, porque uma vez ela ficou falando no celular da sua mãe durante quase duas horas e sua orelha ficou vermelha, parecendo que ia pegar fogo. Eu lhe disse que a mesma coisa acontece quando ela come ketchup, então deve ser uma alergia, e não uma fobia.

OUTRAS FOBIAS QUE NÃO FAZEM SENTIDO

Estasibasifobia:

medo de andar

Crianças sofrem dessa fobia

Catisofobia:

medo de sentar

Agora, se você tem essa fobia e a *Estasibasifobia*, você está encrencado.

Ablutofobia:

medo de tomar banho

Eu conheço gente assim.

Bromidrofobia:

medo de corpos fedorentos

Gente assim também. Eles não se dão com os ablutofóbicos.

Acho que agora todo mundo está convencido de que Penélope NÃO é a Blogueira Blogástica. Hum, será que meu blog tem alguma coisa a ver com isso? Todo mundo está convencido de que a Blogueira é uma menina. Mas poderia muito bem ser um menino.

Um menino poderia facilmente espreitar as conversas no banheiro das meninas contanto que ele pressionasse discretamente um copo contra a porta e ouvisse.

Como o blog claramente indica, a Blogueira tem um forte desafeto por Mia St. Claire, e qualquer menino poderia facilmente desgostar dela. Certo? CERTO?

Meninos podem ser tão fofoqueiros quanto meninas.

Nona e eu escrevemos o post mais criativo de todos os tempos.

E nem foi tão difícil assim.

BLOG DA ESCOLA MIDDLEBROOKE:

ÚLTIMAS NOTÍCIAS DO MELHOR BLOG DO MUNDO

Não sei quanto a vocês, mas hoje, depois do almoço, eu arrotei muito.

Depois calcei minhas meias fedorentas, pela terceira vez nessa semana, e pisei na lama. Eu me sujei bastante e arrotei um pouco mais, e me recusei a tomar banho. Também vi M. St. C. e quase vomitei de tão feia que ela é. Mas se eu chegasse a vomitar até seria legal, pois vocês sabem como nós, garotos, curtimos vômito e coisas nojentas.

Postado por: Blogueiro Boy Blogástico

Comentário no blog por aluno anônimo 1: Por que você quis se sujar?

Comentário no blog por supervisor A.: Tome cuidado ao blogar sobre outros alunos e fazer comentários maldosos que depois não podem ser desfeitos. Isto é um aviso.

Comentário no blog por aluno anônimo 2: Hahaha. Garotos são nojentos!

QUARTA

24

Eu estava saindo do banheiro das meninas quando a Penélope surgiu do nada e apontou o dedo pra mim, com jeito de quem estava me acusando, e num tom mais acusativo ainda disse:

— Foi você!

Apenas olhei de volta pra ela com uma cara de tonta, pois era assim que ela estava agindo. Sem falar que ela estava deixando minha cabeça confusa, pois eu não fazia ideia do que ela estava me acusando.

Acho que ela interpretou meu silêncio como sinal de consentimento, pois daí ela balançou a cabeça de um jeito maluco, feito um desses bonequinhos de cabeça de mola que ficam grudados no painel do carro.

— *VOCÊ* é a Blogueira.

Se ela fosse um daqueles bonequinhos de cabeça de mola, eu teria pisado no freio e a derrubado no chão.

Ou então eu podia fazer uma boneca da Penélope, com pescoço de mola, e só fingir.

— Não sou não — respondi com tão pouco-caso que quase convenci a mim mesma.

— Eu sei que é você, Arrotofia.

Ei, ela não pode usar esse apelido! Esse é o apelido carinhoso que Andrew inventou pra mim.

— Não sou não — repeti. E ela continuou falando, como se eu estivesse interessada em ouvir.

— É? Então por que não te vi no banheiro naquele dia em que eu estava conversando com Mia? Naquele mesmo dia em que tinha papel higiênico grudado no seu sapato. Ninguém mais sabia da paixão secreta da Mia.

— Ah, por favor, todo mundo sabia.

Tentei parecer muito segura, o oposto do que eu estava sentindo, pois tinham acabado de me desmascarar e eu não podia deixar aquilo acontecer!

Ela ficou balançando o dedo na minha direção.

— Então por que quase não blogam sobre você?

Dei de ombros.

— Acho que não sou interessante o suficiente.

— E seria só uma coincidência que Mia St. Claire, justamente a única pessoa de quem você não gosta, é mencionada o tempo todo?

— Como? — tentei dizer sem gaguejar.

Seu olhar zangado mostrava que ela não estava acreditando. Será que meu desafeto era tão óbvio?

— Deixa pra lá! Vou encontrar um jeito de provar.

E com isso Penélope me deixou ali, passada, no meio do corredor. O que eu faço agora?

DEPOIS DA ESCOLA...

Mesmo depois de me recuperar quase totalmente do incidente de hoje cedo, meu cérebro voltou a dar branco. Num minuto eu estava com meu caderno e no minuto seguinte... PUF! Ele desapareceu.

Comentei com a Nona que eu achava que só podia ter sido Andrew, Mia ou Penélope que o tiraram da minha mochila num momento em que eu estava distraída (que é praticamente nunca). Nona me lembrou de que eles nem sabem que eu tenho esse caderno, então por que procurariam por ele? Se bem que Penélope pode ter reparado que eu estava bisbilhotando na sua mochila naquele dia, na aula de Cemitério de Ciências, e quis fuçar na minha.

Com o meu cérebro já confuso, e agora mais atrapalhado ainda, e terrivelmente chateado, eu detonei uma série de reações em cadeia. Foi mais ou menos assim:

Depois da escola esqueci (eu não costumo fazer isso!) meu livro de geografia no armário. Depois que o peguei fui pro banheiro das meninas (nada a ver com fofoca) pra lavar meu rosto, todo vermelho e marcado por causa de tanta preocupação, stress e paranoia.

Foi então que aconteceu.

Um menino no banheiro das meninas!

Ok, não era bem um menino, mas um homem. Um dos faxineiros que limpam o banheiro depois do horário de aula. Acho. Ele estava de calça jeans e camiseta, como alguns faxineiros que já vi pela escola. Além do mais, tinha um aviso de chão molhado no piso, o que indicava que ele havia acabado de passar pano.

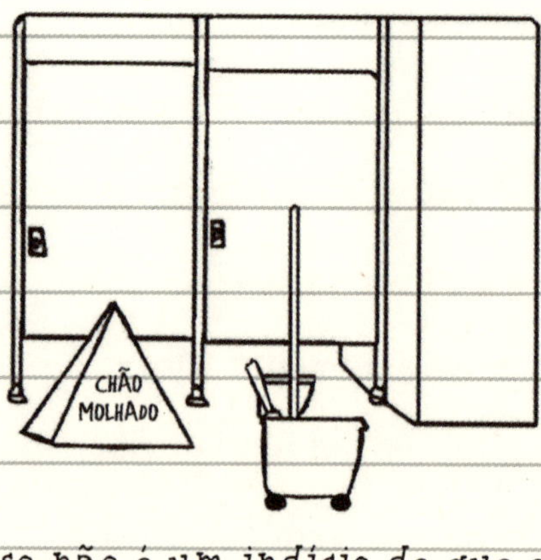

Viu? Se isso não é um indício de que ele tinha passado pano, eu não sei o que mais seria.

E daí eu vi. Na sua mão. O MEU caderno!

O sr. Velho Faxineiro (VF) tinha roubado meu caderno! Antes que eu conseguisse dizer qualquer coisa, ele disse algo que me pegou total de surpresa:

VF (segurando meu caderno): Já saio do seu caminho. É a segunda vez que encontro esse caderno aqui.

Eu: Ah, é? Sério? (Na verdade o que eu estava pensando era COMO ASSIM? Essa é a segunda vez que você rouba meu caderno?)

VF: Uma pessoa que escreve coisas sobre os outros deveria ser mais cuidadosa.

Eu: Hum, é. Claro. As pessoas são muito distraídas. (COMO ASSIM? ELE levou o MEU caderno? Eu quero morrer!)

VF: Pois é, seja lá quem for Sofia Becker, ela certamente gosta de blogar.

Eu: Ah, sim, acho que eu sei quem ela é. Posso devolver o caderno pra ela.

VF: É, parece que essa Sofia Becker não gosta muito da minha filha.

E com isso o VF deixou o banheiro das meninas, e meu queixo bateu no chão.

QUINTA 25

Fofoca do banheiro das meninas

Amanhã é aniversário da Mia St. Claire. Estou realmente surpresa que ela consiga estar tão feliz mesmo sendo tão pobre. Talvez ela tenha uma personalidade bem melhor do que eu imaginava.

DILEMA GIGANTE

Nunca me senti tão incrivelmente terrível na vida.

Incrivildade: Eu poderia acabar com Mia St. Claire e tirá-la de vez da escala de popularidade. Ela é filha do sr. Velho Faxineiro! Não é à toa que ela nunca comenta nada sobre seus pais... Na verdade eu só acho isso porque ela nunca conversa comigo, ponto. Eu só teria que escrever um simples post e pronto. Na verdade, é quase fácil demais.

Terrivildade: Seu pai deve ter contado pra ela que a blogueira sou EU. E ela está discutindo consigo mesma sobre quando deverá acabar ainda mais comigo. Eu estarei tão fora da escala de popularidade que NUNCA MAIS terei chance de reconquistar pontos de popularidade. Nem no oitavo ano. Mas ela já deve saber que eu descobri de quem ela é filha. Isso provavelmente explica por que ela ainda não disse nada. Então, imagine se eu resolvo acabar com ela no meu blog e depois ela resolve acabar comigo? Seria suicídio social. Não posso fazer isso. Mas também não posso não fazer.

Não tenho escolha. Telefonei para aquela fera irada que é minha melhor amiga pra pedir um conselho amigável e irado. O que, por sinal, é bem mais seguro do que conversar com ela pessoalmente. Por causa dos dias obviamente péssimos que ela tem tido ultimamente, Nona Bows anda uma fera.

A EVOLUÇÃO DE NONA BOWS EM FERA BOWS

Ferinha — um dia do tipo "zerei na prova de matemática, mas vou estudar bastante pra próxima".

Fera — acrescente um tremor de olhos e expressão de confusão total. Vem acompanhada de um aviso de alerta "nem espirre na minha direção".

Fera completa — pior que isso não fica. Use macacão de proteção e óculos de segurança. Pode atacar a qualquer momento, sem aviso!

Nona tentou resolver meu dilema com uma palavra. Na verdade foram três palavras. E foram pronunciadas com muita raiva:

Acabe. Com. Mia.

Eu acho que a Nona ainda está muito chateada por Mia ter tentado lhe roubar Mike Sprat. Se bem que devo admitir que agora Mia anda ignorando Andrew, o que faz que eu me sinta superfeliz por dentro. Mas ninguém precisa saber disso.

Minha amiga Nona, normalmente tão alegre e florida, foi do "brava" pro "bem brava", depois pro "megabrava" num curtíssimo período de tempo. E pensar que tudo isso é por causa de um garoto! Espero que Mia não tenha desencanado do Mike também, pois nesse caso ela voltaria correndo pro Andrew, que, por sinal, quase não tem falado com ela.

Reparou na florzinha de caveira?
Apenas pessoas bravas usam caveiras.

Então, sério, eu tenho me questionado se realmente devo acabar com Mia St. Claire.

Parece louco, né? Creio que eu realmente conseguiria ser uma pessoa boa e gentil pra alguém tão horrível quanto a Mia. E acho que nem tem a ver com o fato de descobrir que Mia é pobre ao invés de rica. O que é totalmente o contrário do que eu tinha imaginado no começo.

Por enquanto, eu devia esquecer tudo que ela fez pra mim. Afinal, a pobre Mia deve comprar suas roupas, bijuterias e aqueles laços que parecem que custam o olho da cara em alguma loja de artigos usados pra meninas que querem parecer ricas.

Recado pra mim mesma

Descobrir onde fica essa loja.

Sabe como é, pra que eu possa investigar.

BLOG DA ESCOLA MIDDLEBROOKE:

ÚLTIMAS NOTÍCIAS DO MELHOR BLOG DO MUNDO

Alunos em Pauta: Hoje M. St. C. estava com um lacinho absolutamente fofo e com cara de que custou uma nota. Também hoje, na sala de aula, C. J. ficou todo empipocado enquanto fazia uma apresentação sobre um livro. E quem disse que lição de casa não é estressante?

Postado por: Blogueira Blogástica

SEXTA 26

Hoje é o aniversário da Mia. Aposto que a pobre coitada não tem dinheiro pra fazer uma festa. Nem pra um bolinho e sorvete. O que me faz pensar na minha próxima ação totalmente do bem e gentil.

E nem foi uma caixa de minhocas, nem nada nojento ou fedorento como se poderia esperar (não quero citar nomes, mas a Nona achou que era), e foi provavelmente por isso que Mia St. Claire fez a cara que fez ao abrir a caixa.

Mia sussurrou um "obrigada" baixinho, como se mal conseguisse acreditar (ela deve ter perdido o fôlego de tão lindo que era), depois a cara de fedor sumiu e ela abriu o maior sorriso que eu já vi. Sabe, aquele que você reserva pra ocasiões especiais?

Seu sorriso é realmente mágico,
e eu me senti toda alegre por dentro.

Eu sabia que ela ia amar! Contei que eu mesma tinha feito o laço. Agora, graças à pessoa nada egoísta e supergentil que eu sou, ela vai ficar com cara de mais rica ainda. Não vejo a hora de vê-la com o laço!

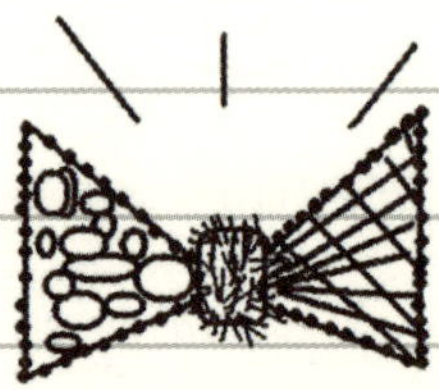

Xadrez retrô – decorado com miçangas –
elegante acabamento em pele –
estampa de bolinhas superfofa.

SABAMINGO 27 & 28

Minha mãe e meu pai anunciaram mais uma conversa--sentado. Meu cérebro estremeceu pensando em todas as coisas horríveis pra onde essa conversa poderia nos levar. Daí eu cheguei à pior conclusão possível: minha mãe será professora permanente em nossa escola.

Meu pai deve ter achado que eu estava tendo um ataque, pois quando meus olhos viraram pra trás e eu vi "a luz" ele colocou a mão no meu ombro, perguntando se eu estava bem.

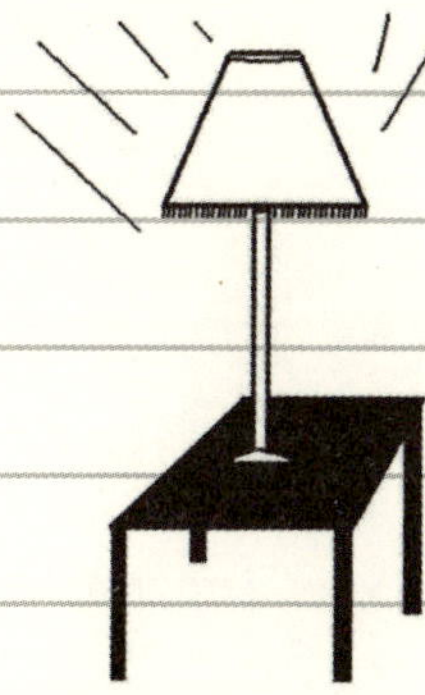

Embora a luz tenha sido apenas a da alta voltagem do nosso abajur cafona.

Por algum motivo, meu pai – que normalmente sempre entende o que estou sentindo – estava com um sorrisão estampado no rosto. Minha mãe também. Talvez não fosse uma má notícia, no final das contas.

Foi minha mãe quem, com muita determinação e falando bem alto, deu a notícia.

Toda aquela leseira cerebral finalmente me pegou de jeito e afetou minha audição. Juro que ouvi minha mãe dizendo "Vou ter um bebê".

Depois ela ficou acariciando sua barriga achatada como se realmente houvesse um bebê lá dentro ou algo assim. Coisa que não podia ser verdade, pois sua barriga estava reta demais pra que qualquer coisa, exceto um almoço, coubesse lá dentro. Meu pai explicou que ela está no quarto mês. E eles querem que seja surpresa, por isso não vão querer saber o sexo do bebê.

Fiquei só olhando, sem conseguir acreditar, sem saber ao certo o que dizer. Principalmente porque sou EU a menina de quem todo mundo anda falando. Sou eu a pessoa cuja vida vai virar de cabeça pra baixo. E que deixará de ser mimada. E que será esquecida.

Portanto, quando eu perguntei por que ela tinha contado pra todo mundo na escola antes de mim, ela fez cara de surpresa, como se não estivesse sabendo. Ela botou a culpa na mãe da Macy, que a viu no consultório do médico e deve ter contado para a filha, que contou pra alguém, que contou pra outra pessoa, até que alguém acabou ouvindo. Fui eu quem ouviu.

Acabei comigo mesma escrevendo todos aqueles posts sobre bebês! Se bem que ainda posso me salvar.

Quer dizer, ninguém precisa ficar sabendo. Eu simplesmente não vou comentar nada sobre isso. A não ser que Macy conte pra todo mundo que é a MINHA mãe.

Fora que minha mãe não vai continuar dando aula na minha escola por muito mais tempo, então talvez esse assunto passe batido.

Mas pra mim esse assunto não vai passar nunca. Eu serei a irmã mais velha. Odeio a ideia de outra pessoa entrando na nossa família. Tipo, sempre fomos apenas eu, minha mãe e meu pai. Por outro lado, estou ficando mais velha, sou praticamente uma adolescente. Então talvez minha mãe e meu pai precisem de outra pessoa em quem possam focar as atenções, considerando que eu já não sou mais um bebê. E, também, talvez finalmente eles parem de me tratar como um bebê.

Por enquanto não vou pensar nisso. Vou me concentrar no grande sucesso do meu blog e tentar descobrir alguma coisa que desvie a atenção das pessoas pra bem, bem longe do assunto mantinhas de bebê e (écati!) fraldas.

BLOG DA ESCOLA MIDDLEBROOKE:

ÚLTIMAS NOTÍCIAS DO MELHOR BLOG DO MUNDO

Alunos em pauta: No fim descobrimos que a tal aluna cuja mãe está grávida não existe. Deve ter sido um boato.

Enquanto isso, M. St. C. ganhou um exuberante laço de presente de aniversário.

Professores em pauta: O sr. J. foi pra casa por causa de intoxicação alimentar. Será que ele comeu a comida do refeitório?

Postado por: Blogueira Blogástica

SEGUNDA 29

Nona tem me tratado com um raivoso silêncio desde que Mia e eu fizemos as pazes. Por sinal, com isso eu ganhei um zilhão de pontos de popularidade! Nona está com ciúmes. Eu lhe disse que quando eu for popular não vou me esquecer dela. Vou lhe ajudar a ser popular também! Não é pra isso que servem as BFFs!?

OUTRAS COISAS PARA AS QUAIS SERVEM AS MELHORES AMIGAS

Rir de piadas totalmente sem graça.

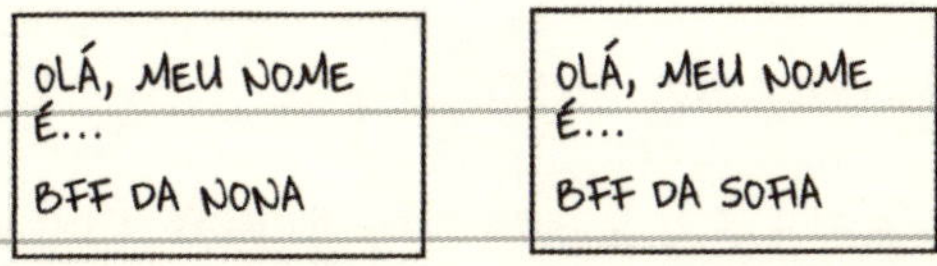

Ser solidária usando crachás combinando (é que aquelas pulseirinhas da amizade são supervalorizadas demais).

Confiar uma na outra

Finalmente sinto que preciso contar a novidade sobre a minha mãe, então chamei Nona pra um lugar tranquilo para conversar com ela. Por acaso esse lugar era o Achados e Perdidos.

É realmente impressionante a quantidade de coisas que as pessoas perdem e que ficam ali, sem que ninguém apareça pra pedir de volta. Mesmo por donos não originais. Tipo, digamos que você perdeu uma meia. O que você vai fazer? Ir ao Achados e Perdidos. Problema resolvido! Ou você está numa situação complicada e precisa de um... chapéu? Um brinco? Lá você encontra.

Mas o que também é impressionante é como as pessoas conseguem perder essas coisas, pra começo de conversa. Tipo, como alguém consegue "perder" uma camiseta? Opa, minha camiseta saiu voando do meu corpo e não sei onde foi parar.

OUTRAS COISAS QUE DEVEM TER SIDO "PERDIDAS" DE PROPÓSITO:

- Lancheira do Elmo (Por que é sempre Elmo? E o Biscoito?)
- Óculos de sol com uma lente só (perfeito pra um pirata no verão. Arrgh!)
- Aparelho ortodôntico (eca!)
- Calcinha da Dora (hum, fala sério...)

A Nona fez uma cara de quem não achou a notícia horrível. Aliás, ela ficou bem animada. Disse que sempre quis ter um irmãozinho ou irmãzinha. Até citou todos os prós e contras de ter um irmãozinho/irmãzinha, e, no fim, o número de prós era maior.

Prós:

- Bebês são fofos e queridos e fazem barulhinhos de gu-gu.
- Privilégios de irmãs mais velhas, tais como ajudar a cuidar do bebê e, quando necessário, usar a desculpa de que está cuidando do bebê, e poder proteger o bebê.
- Nunca mais estarei sozinha. É como ter um bichinho, só que melhor. Desculpa aí, Sam Sam!
- Deixar de ser filha única, o que significa: LIBERDADE.

- Vou poder mandar em alguém.
- Vou poder ajudar a escolher o nome do bebê. No mínimo, impedir que minha mãe nomeie o bebê em homenagem a um móvel.

Contras:

- Fraldas fedorentas e choro à noite (solução — tampão de nariz e de ouvido!)
- Meus pais não vão cometer os mesmos erros com o bebê. Como filha mais velha, eu sou uma espécie de cobaia.
- No começo, a maior parte da atenção dos meus pais deve ir pro bebê.

NO BANHEIRO DAS MENINAS...

Não devia ser nenhuma surpresa o fato de Mia ter resolvido conversar comigo hoje, quando estávamos no banheiro das meninas. Nós, as quase populares, gostamos de papear no banheiro das meninas, você sabe, né?... No entanto, o triste é que não tinha mais ninguém ali, então eu só ganhei um ponto de popularidade em vez de oito. Mesmo assim, um é melhor que menos um!

Mia: Obrigada novamente pelo laço. (Embora infelizmente ela não esteja com ele.) Eu usei na minha festa ontem à noite. Todo mundo comentou (pois é tão lindo).

Eu: Ah, você deu uma festa? (Ela disse "festa", mas deve ter sido mais uma reuniãozinha bem simples, né?)

Mia: É. Desculpa, eu podia ter te convidado, mas é que não tinha mais lugar na limusine. (Ela disse "limusine", mas deve ter sido uma perua.)

Eu: Tudo bem, eu entendo.

Mia: Por sinal, sua mãe é um barato.

Eu: Hã, minha mãe? (Se eu estivesse bebendo refrigerante, nesse ponto eu teria cuspido pelo nariz.)

Mia: Eu não fazia ideia de que ela foi mochileira e viajou pela Espanha. E a aula dela é tão interessante...

Eu: Pois é...

Ela devia estar falando sobre a Mãe Prof de outra pessoa.

Mia: E não se preocupe, eu entendo esse lance de pais que trabalham na escola. Às vezes dá a maior vergonha, né?

Eu: Total!

Mia: Pois é, tipo, na semana passada meu pai teve que trabalhar aqui na escola. Mas por sorte foi depois do horário de aula então NINGUÉM viu.

Eu: É mesmo? (Finjo uma cara de espanto. Será que ficamos tão íntimas que agora ela vai me contar todos os seus segredos mais obscuros, que ela não se atreve a contar sequer pra suas melhores amigas? E, eba, pelo jeito seu pai não comentou com ela que encontrou o meu caderno.)

Mia: Pois é, ele teve de vir inspecionar a escola. Acho que foi alguma questão que surgiu. Mas não era nada grave.

Eu: Ah, seu pai é o faxineiro? (Achei que se eu me fizesse de tonta ela ficaria motivada a contar ainda mais. Principalmente porque eu comentei a questão faxineiro.)

Mia: Faxineiro? (Ela riu. Muito. Devia estar rindo de nervoso.) Não, não. Meu pai é dono de uma enorme e bem-sucedida empresa de inspeção, Indústrias Claire. A Escola Middlebrooke sempre usa os serviços da empresa do meu pai.

Em todo caso, o sinal está tocando. A gente se fala mais tarde!

E assim, sem mais nem menos, Mia St. Claire saiu toda-toda do banheiro das meninas, do mesmo jeito que seu pai, o não faxineiro, me deixou ali naquele outro dia — de queixo caído.

TERÇA 30

Esse foi o mês mais LONGO da minha vida. De toda a minha vida. Eu queria poder me aposentar da escola.

Mia voltou a ser a rica. Snif.

E o que poderia fazer o mês mais longo ficar mais longo ainda?

Mais más notícias!

Minha mãe (que pelo jeito manteve segredo sobre suas habilidades no espanhol) não é mais professora substituta. Não é mais um constrangimento meio período. Olha isso: ela recebeu uma oferta pra trabalhar período integral! Na minha escola! Eu sei, fiquei sem reação possível pra conseguir expressar isso!

Minha mãe também fica me enchendo pra eu fazer espanhol porque vai ser útil pra mim, pois francês eu não uso com a mesma frequência e blá-blá-blá. Respondi a ela que "Je ne parle pas anglais".

Além do que, preciso me concentrar em juntar coragem pra falar com Andrew. Sabe o que ele fez hoje? Passou por mim no corredor. E falou comigo! (Desmaio!)

Nona estava falando sério quando disse que Mike já era. Agora ela está a fim do Jonathan, um aluno novo, que faz teatro com ela.

Ela me encontrou no meu armário, na maior animação, pra falar de uma ideia que ela teve. Ela disse que o fato de a minha mãe estar grávida é uma ótima maneira pra eu me manter no anonimato. Ela disse que se eu acabar comigo mesma por conta disso ninguém vai achar que a Blogueira sou eu, pois quem acabaria consigo mesma no seu próprio blog? Nona, esperta como ela é, também comentou que mais cedo ou mais tarde todo mundo vai descobrir sobre a minha mãe, pois agora ela será professora em tempo integral. Se eu postar sobre isso agora mesmo, na semana que vem a notícia já estará velha.

Além do mais, ela disse que isso deixará meu blog mais superpopular ainda. É uma ótima ideia, principalmente porque todo mundo ainda está achando que a Blogueira é menina, mesmo depois do meu post de "menino" da semana passada. Se bem que Nona e eu concordamos totalmente que meu post de menino estava 100%crível.

BLOG DA ESCOLA MIDDLEBROOKE:

ÚLTIMAS NOTÍCIAS DO MELHOR BLOG DO MUNDO

ALERTA SOBRE ENORME EQUÍVOCO!! Realmente temos uma colega cuja mãe está grávida. É a aluna do sexto ano, S. B. Isso é total fato e não um boato. Apesar de algumas pessoas acharem que isso é superconstrangedor, e que isso vai acabar totalmente com a vida de S. B., há indícios de que Sofia esteja animada com a notícia. Talvez ela seja simplesmente estranha. Mas o pior é que a mãe da S. B. agora também será professora de espanhol em período integral. Correm boatos de que o antigo professor de espanhol viajou de férias pra Madri e gostou tanto de lá que não quis mais voltar.

Postado por: Blogueira Blogástica

QUARTA 31

Acho que não vou mais postar comentários maldosos sobre Mia. Não que tenhamos ficado amigas ou que seremos algum dia, mas é realmente um saco quando as pessoas ficam falando a seu respeito, mesmo que você não saiba que é sobre você.

E mesmo que você encontre o lindo lacinho que você deu pra alguém na caixa de achados e perdidos, sem a menor consideração.

Perda dela, uma aquisição fofinha pra mim

Outra confissão: Estou morrendo de medo da segunda-feira.

Até lá todo mundo vai descobrir que minha mãe está grávida. Acho que vou ter que me esconder no banheiro das meninas. Dessa vez, não vou pra lá pra espionar, mas pra me esconder. Vou até botar tampões de ouvido se for preciso, pra que meus preciosos ouvidos não ouçam alguma coisa sem querer.

Se bem que eu sou uma ótima leitora de lábios.

Provavelmente vai demorar mil e uma vezes mais tempo pra eu me tornar popular do que havia imaginado. Mas acho que posso postar sobre coisas que não sejam tão fofoca. Tipo, tenho certeza que ainda consigo encontrar coisas interessantes pra que os alunos continuem interessados em ler meu blog.

Por exemplo, temos notícia de que (não é fofoca, sr. Allen nos contou) talvez a gente receba um aluno internacional. Isso seria superlegal. Principalmente se for menino. E se ele for de algum país bem bacana, como Egito ou França. Ou Islândia.

Ah, e seria superlegal se nós ficássemos amigos, e ele ficasse amigo do Andrew, e daí eu poderia lhe perguntar se Andrew costuma falar a meu respeito.

A não ser que o aluno estrangeiro não fale inglês.

Será que Andrew costuma falar sobre mim pros amigos dele? O que será que os amigos dele falam sobre a Mia quando ela não está por perto? Será que os meninos são tão fofoqueiros quanto as meninas? (Desconfio que são.)

Hum... o que será que acontece no banheiro dos meninos...

AGRADECIMENTOS

Tenho muita sorte de ter amigos e uma família que apoiaram meu sonho de ser escritora. Agradeço e amo todos vocês. Para alguns, em especial, gostaria de dizer um "obrigada" extra:

Minha agente fabulosa, Rosemary Stimola, que ajudou a tornar meu sonho realidade. Realmente não conseguiria lhe agradecer o suficiente.

Wendy Loggia, editora extraordinária, minha sorte é grande por ter tido a chance de trabalhar com alguém tão dedicada como você.

Minha fantástica designer, Marci Senders. Você transformou o trabalho da equipe em diversão, e não consigo me imaginar trabalhando com outra designer que não seja você. Obrigada pela paciência.

Agradeço ainda a Krista Vitola, o braço direito de Wendy, e ao time da Random House, que trabalhou duro e ajudou a dar vida a este livro.

Ao meu marido Carl, que acreditou em mim e me

concedeu todo o tempo que eu precisava para escrever. Eu não teria conseguido sem o seu apoio. Aos meus meninos, Christian, Alexander e Sammy: suas carinhas iluminadas me fazem ir em frente.

À minha mãe, Kim. Seus incentivos e ensinamentos para nunca desistir me fizeram quem sou hoje. Eu te amo.

A ideia da novela — Mindy Alyse Weiss, Annmarie Myers, Déb Marshall, Judith Mammay e Niki Moss. Além de formarem um grupo de críticas maravilhosas, vocês são escritoras e eu tenho sorte de tê-las como amigas. Obrigada por dividir essa experiência comigo. Eu não sei onde estaria sem vocês.

E às fofoqueiras Nona Bows e Rachael Taylor-Sorenson. Seus constantes bom humor e maluquice me mantiveram inspirada. Vocês arrasam!

SOBRE A AUTORA

ROSE COOPER é autora e ilustradora de livros infantis. Artista autodidata, já expôs seus trabalhos em várias mostras e galerias. Escrever para o público infantil é a desculpa perfeita que ela encontrou para estar sempre em contato com seus filhos e se sentir uma eterna criança. Rose mora nos Estados Unidos, na cidade de Sacramento, com seu marido e seus três filhos.

Sua opinião é muito importante!

Mande um e-mail para opiniao@vreditoras.com.br com o título deste livro no campo "Assunto".